Aus anderer

Landschaft

Geschichten für Reisende

Von Marbie Stoner

Impressum

Marbie Stoner

Hauptstraße 6

61184 Karben

kontakt@margitta-bieker.de

www.margitta-bieker.de

http://marbieblog.wordpress.com

ISBN: 9783740715649
TWENTYSIX - Der Self Publishing Verlag
Eine Kooperation der Verlagsgruppe Random
House und BOD - Books on Demand
Herstellung und Verlag:
BOD - Books on Demand, Norderstedt

**Bibliografische Informationen der Deutschen
Nationalbibliothek:** Die Deutsche Nationalbibliothek
verzeichnet diese Publikation in der Deutschen Natio-
nalbibliografie, detaillierte bibliografische Daten sind im
Internet über dnb.dnb.de abrufbar.

Inhaltsverzeichnis

Impressum   2
Buchbeschreibung   5
Über die Autorin   6

Eine Summe von Stunden   7
Ich heiße Hildebrand   22

Aus anderer Landschaft   26
Kleine Fluchten   53

Das Abwasser läuft in die Wand -
der Versuch einer Rettung.   68

Zum Zwecke des schnelleren Vorwärtskommen
– eine Strafzettel Krad Katastrophe   85

Küchentaufe   92

Meine Mutter geb' ich nicht ...   96
Liebe und Verluste   109

Für meine Töchter Inga und Jana,

die mich immer noch erziehen.

Für meinen geduldigen George,

der meine spontane Kreativität

nicht nur erträgt,

sondern sie nach besten Kräften fördert.

Und für alle Motorradfahrerinnen,

die das Vorbeiziehen an Kolonnen in Deutschland

unterstützen.

Buchbeschreibung

Willkommen in meiner kleinen Bibliothek von Kurz- oder Langgeschichten zu alltäglichen Dramen und banalen Tragiken im Lebensgeschäft von Menschen! Alle Begebenheiten sind frei erfunden, Ähnlichkeiten mit lebenden oder toten Personen sind von mir nicht gewollt und zufällig entstanden. Es könnte jedem von uns so ergehen, je nachdem, welchen gewählten Stein wir unseren Lebensberg empor wälzen.

Stellen Sie sich vor, Ihr Ehemann öffnet Ihnen die Türe. Er hat ein Messer im Bauch, riecht nach E605 und sagt: "Das Abwasser läuft in die Wand!" Ein Sohn - nach unseren üblichen gesellschaftlichen Normen - im beständigen Verliererstatus, betrauert auf sehr ungewöhnliche Weise den plötzlichen Tod seiner Mutter, mit der er in unheilvoller Symbiose zusammen lebte. Er stiehlt ihren Leichnam aus der Friedhofskapelle.

Über die Autorin

Marbie Stoner ist Jahrgang 1958, Mutter von zwei erwachsenen Töchtern und schreibt unter Pseudonym. Sie lebt in Karben im Wetteraukreis in Hessen. Sie absolvierte einen Kurs in "Die Kunst des Schreibens" an der Axel Anderson Akademie im Bereich "Belletristik" sowie zahlreiche Kurse in der Hobbymalerei: Porträt und Landschaft. Veröffentlichungen bisher sechs E-Books mit Motorradreiseberichten aus Europa und Marokko. Ferner ist sie Mitglied in der KünstleInitiative Karben.

Ihre Freizeit verbringt sie auf dem Motorrad und im Winter vor der Staffelei.

Für Rückmeldungen und Kritik ist sie auf ihrer Website http://www.margitta-bieker.de oder auf http://marbieblog.wordpress.com dankbar.

Eine Summe von Stunden

Ich hatte nicht mit seinem Tod gerechnet. Niemand hatte das. Als Bernhard, mein Mann, fort ging, um unseren Hund bei Freunden unterzubringen, konnte ich nicht ahnen, dass es ein Abschied für immer war. Es war nicht der berühmte Abgang wie der beim Zigarettenholen, aber dafür war er endgültig.

Bernhard ging fort, um zu sterben, und das Wort „endgültig" hat heute eine andere Bedeutung für mich.

Wir wollten am nächsten Tag in Urlaub fahren, nach Südfrankreich. Das Auto stand gepackt in der Garage. Es sollte unser erster Urlaub seit neun Jahren werden.

Wir hatten ein altes Haus gekauft und mühevoll restauriert. Jeder Euro wurde zweimal umgedreht, jede freie Minute mit Werkeln und Renovieren verbracht. Keine Zeit blieb für uns und die Kinder, die inzwischen erwachsen waren.

Alle Sätze begannen mit „Wenn" und „Dann". „Wenn wir erst alles fertig haben, wenn erst der Bausparvertrag zugeteilt wird, dann ... gibt es keinen Dosenkohl mehr aus dem Aldi und Strümpfe mit Laufmaschen, Urlaub so oft und so lange, wie wir wollen!" Tja, wenn ...! Sagen Sie nicht zu oft „Wenn erst..!"

Ich saß im Wohnzimmer in meinem Lieblingssessel, hatte die Beine hochgelegt und träumte von Südfrankreich.

Das Telefon schellte.

Eine Krankenschwester aus dem Städtischen Krankenhaus teilte mir mit besorgter Stimme und knappen Worten mit, dass es meinem Mann nicht gut ginge, und ich sofort auf die Intensivstation kommen müsse, es sei sehr ernst.

"Wie kommt mein Mann auf die Intensivstation? Eben noch ging er mit dem Hund weg?! Wie meinen Sie das?"

"Kommen Sie. Kommen Sie schnell", sagte die Schwester.

Sie ließen mich warten.

Im Wartezimmer für Angehörige standen ein Sessel, eine Schlafcouch, und ein kleiner Tisch mit Handzetteln für Besucher. Die gekreuzten Holzlatten mit der leidenden Figur in der Mitte fehlten natürlich nicht. Es war merkwürdig still in dem Zimmer. Nichts an Geräuschen drang zu mir herüber. Wirklich - nichts.

Mir wurde schlecht. Ich wäre so gerne weggelaufen, hätte unseren Sohn angerufen, die Stille drückte immer unerträglicher.

Endlich Schritte auf dem Flur.

Eine Krankenschwester in blauem Anzug holte mich ab, und ich lief wie eine Marionette ferngesteuert neben ihr her. Wir kamen in ein Zimmer, in welchem es von Blau und weiß gekleideten Menschen nur so wimmelte. Jede Menge Apparate, Kabel, Schläuche. Eine unheilvolle Ruhe, wie ein plötzliches Vakuum in der Herzkammer, breitete sich in mir aus und mein Herz schlug leer.

Lag da ein Mensch? Jemand, den ich kannte? Etwa mein Bernhard, weiß und spitznasig?

Schnelle Piepstöne gab der Fernseher über seinem Bett von sich. Ganz zäh wanden sich Gedanken durch mein Hirn, ein Satz aus einem Gedicht spulte monoton wie eine defekte Schallplatte in meinen Ohren: **Herr Tod legt seine erlösende Hand auf das Herz von Herrn Gehtnichtmehr - nun geht es nie mehr.**

„Frau Rupert?"

Ich schreckte hoch. Das war *mein* Name! Eine Maschine pumpte Luft in meinen Bernhard, sein Brustkorb hob sich regelmäßig und gleichgültig.

„Ich bin Dr. Hoffmann, der diensthabende Internist. Ihr Mann hat einen Herzinfarkt erlitten, einen ziemlich großen sogar, leider. Eine Koronararterie – das sind die großen, versorgenden Gefäße des Herzmuskels - ist fast völlig verschlossen gewesen. Wir haben versucht, das Gerinnsel mit einem Medikament aufzulösen. Nur – zurzeit ist es sehr, sehr kritisch mit seinem Kreislauf, wissen Sie? Wir stützen das Herz, so gut es geht, aber ... Frau Rupert? Verstehen Sie mich?"

Nein, ich verstand ihn nicht. Ich wollte ihn nicht verstehen.

Bernhard war immer gesund gewesen, und morgen wollten wir in Urlaub fahren, unser erster Urlaub seit langer Zeit!

„Setzen Sie sich doch erstmal!" Die Schwester legte eine Hand auf meine Schulter und drückte mich sanft, aber nachdrücklich, auf einen Stuhl.

„Es wird nicht einfach sein, aber wenn wir ihn erst über die Nacht gebracht haben ... wir werden alles tun, was ..."

Ja, ja, was in ihrer Macht steht, das sagten die Ärzte im Fernsehen auch immer.

„Nehmen Sie ruhig seine Hand. Ihr Mann bekommt starke Schlafmittel, aber er bemerkt sicher, dass Sie da sind!"

Ich ergriff Bernhards Hand, die sonst so zupackend war. Sonst? Vor zwei Stunden noch! Jetzt war sie kalt, weiß und schlaff. Er war nackt unter der dünnen Decke. Er sah mich nicht, er hörte wahrscheinlich nichts. Die Maschine pumpte weiter, irgendwie klang es fast tröstlich. Oh, Gott!

„Warum ist er denn so kalt?"

„Das liegt an seinem Blutdruck, er reicht nur für das Nötigste", sagte die Schwester. Sie war noch sehr jung. Wie konnte sie nur diese Arbeit hier tun?

„Wir wollten morgen in Urlaub fahren, nach Südfrankreich. Das müssen wir wohl verschieben?" Es schien mir, als schnappte die Schwester nach Luft.

„Hm, Frau Rupert ..." Es klang bedauernd, aber auch ein wenig tadelnd. Nun gut, es war die falsche Frage.

„Haben Sie nicht noch eine Decke? Mein Mann erkältet sich so schnell!"

Sie ging.

Ich sah Bernhard ins Gesicht.

Es war verpflastert und sein Mund steckte voller Gummiteile. Ab und zu fiel ein gelber Tropfen Flüssigkeit in ein durchsichtiges Kästchen. Urin? Es war nicht sehr voll, dieses Kästchen, und es wurde jede Stunde kontrolliert. Sie schrieb alles gewissenhaft auf, die Schwester. „Kann er überhaupt reden, mit dem ganzen Zeug im Mund?"

„Nein, das kann er leider nicht. Aber er soll jetzt auch nicht sprechen, es ist besser, wenn er schläft, glauben Sie mir."

Plötzlich fiel mir ein, wie Bernhard im Garten ackerte, die Schubkarre vollgeladen zum Komposthaufen schob, unseren Rasen mähte und glücklich über die Blindschleichen war, die er zuweilen träge in der Sonne liegend fand.

"Das ist ein gutes Zeichen", sagte er dann. Ich fand sie eigentlich eklig, wie Schlangen sahen sie aus. Warum fiel mir gerade das jetzt ein?

„Wie ist mein Mann denn hierhin gekommen?", fragte ich vorsichtig in das Piepsen und Seufzen der Maschinen hinein.

„Passanten haben den Rettungsdienst alarmiert. Sie haben ihren Mann auf der Parkbank bewusstlos gefunden, und den Hund haben sie mitgenommen. Ich gebe Ihnen nachher die Telefonnummer von den Leuten, da können Sie ihn abholen. Oder soll ich jemand von Ihren Angehörigen anrufen?"
Oh Gott, unser Hund! Ich nickte dankbar. An den hatte ich gar nicht mehr gedacht!

Es war dunkel geworden.

Wie lange saß ich hier eigentlich schon? Das Personal hatte inzwischen gewechselt. Die neue Schwester zog die Gardinen zu und stellte sich vor. Schwester Claudia. Sie war älter als ihre Vorgängerin, wirkte in ihrer Arbeit routiniert, gelassen und ein wenig distanziert.

„Möchten Sie eine Tasse Kaffee?" Ich nickte froh. Wer weiß, wann Bernhard aufwachte. Wie lange ich hier noch sitzen musste.

„Wie kommt es, dass ein Mensch mit 48 Jahren einen Herzinfarkt erleidet? Eigentlich kann es dann doch nicht so schlimm sein, oder? Bernhard war immer gesund!"

„Hm." Schwester Claudia runzelte die Stirn. „Schwer zu sagen. Das Alter ist nicht immer Maßstab für die Schwere einer Krankheit, denn es gibt ja auch Kinder, die an Krebs erkranken und daran sterben. Ich glaube, dass Krankheit und Tod keinen bestimmten Grund brauchen, wir suchen nur immer nach Argumenten, um dem einen Sinn zu geben! Der gläubige Mensch sagt, in Krankheit offenbart sich Gott, der Fatalist ergibt sich, weil er halt „dran" ist, alle anderen sehen eine Strafe für Fehler im Leben ... nun, ich denke, es passiert immer dann, wenn sich etwas ändern muss, wenn was falsch läuft.

Und wer ist schon gesund? Gerade Männer ...," sie schnaubte ein bisschen, verschränkte ihre Arme, „haben am meisten Angst vor der Wahrheit, sind im Selbstbelügen wahre Meister!"

„Morgen wollten wir in die Sonne fahren, am Strand liegen und Städte besuchen und ..."

Jetzt erst brach ich in Tränen aus.

Hemmungslos und ohne Taschentuch alle Schleusen auf. Wie konnte Bernhard mir das antun? Ich hatte mich doch so gefreut!

Die Schwester nickte ruhig.

„Ja, das ist ein Schock für Sie, so plötzlich, wie Sie das hier ereilt hat. Ich hole Ihnen erst mal Kaffee. Nur Mut. Wird schon werden."

Ich tastete erneut nach Bernhards Hand. Jetzt erst merkte ich, dass beide Handgelenke gefesselt waren. Kabel, Schläuche, Fesseln. Ich schluchzte.

DA! ER BEWEGTE SICH!

Die Piepstöne wurden schneller, die Schwester zog eine Spritze auf.

"Bernhard? Bernhard, ich bin es, Lieselotte. Hörst du mich? Ist dir kalt? Du kannst nicht sprechen, aber......was ist mit meinem Mann? Geht es ihm schlechter?"

„Er ist wach geworden, das soll er jetzt besser nicht." Schnell und gleichgültig drückte sie auf den Kolben der Spritze. Wie eine einzige Spritze doch so wirken kann, dachte ich, sie wird ihn wieder gesund ...

Plötzlich stemmte Bernhard sich mit dem Oberkörper hoch, die Augen schreckgeweitet und zur Decke gerichtet. Er kaute auf dem Gummizeugs in seinem Mund, und gleichzeitig gab der Monitor rasend schnelle Piepstöne und die Luftmaschine gellende Alarmtöne von sich.

„Bernhard! Bernhard, was ist denn, Liebster, leg' dich wieder hin! Es wird alles gut werden, glaub' mir, du wirst wieder gesund! Schwester ... Herr Doktor!"

Ich schrie vor Angst. Der Doktor tauchte mit müden, roten Augen in der Tür auf, die Hände in der Kitteltasche versenkt und den Blick auf den Fernseher über dem Bett gerichtet, nicht etwa auf Bernhard, und sagte laut und deutlich: „Scheiße! Auch das noch!"

Nun ging alles ganz schnell. Sie schubsten mich raus.

"Gehen Sie mal schnell ins Besucherzimmer, das ist jetzt nichts für Sie, wir rufen Sie, wenn ..."

Ich wankte auf dem Flur herum, landete schließlich in dem Zimmer mit dem Kruzifix. *Eine Summe von wenigen Stunden ...*

Kraftlos sank ich auf das Sofa, fühlte mich so verlassen wie eine alte Eskimofrau auf dem Eis der Arktis, ausgesetzt, weil nutzlos für die Gemeinschaft geworden und auf ihren Tod wartend.

Wer soll jetzt die Getränke holen? Ich kann kein Auto fahren, und nicht mit Kreditkarten umgehen, wie es den Kindern sagen? Es kann nicht sein. Es darf nicht sein.

Morgen wollen wir in Urlaub fahren, er kann doch jetzt nicht sterben, mit 48 Jahren, einfach so, so schnell stirbt es sich nicht an einem Herzinfarkt, den kriegen doch nur alte Männer. Ich hätte gern um Gnade gebettelt, wusste indes nicht, bei wem, ich glaube nicht an Gott.

Was machen sie jetzt in dem technischen Zimmer? Geben sie ihm noch mehr Spritzen mit Medikamenten? Die Medizin hat doch so viel Fortschritte gemacht, sie werden es schaffen, sie werden ihn retten, gleich kommt die Schwester oder die Ärzte und dann sagen sie, Frau Rupert, es war sehr schwierig, aber er hat es geschafft, es wird lange dauern, bis er gesund ist, aber dann......

DA! EINE TÜR!

Schritte näherten sich, gleich würden sie es mir sagen, dass alles im Griff sei, dass es bedauerlicherweise zu diesem kleinen Zwischenfall gekommen ist, kein Problem wirklich, nein ...

Die Schwester stand in der Tür. Der Kittel stand ihr gut zu ihren blauen Augen, sie trug eine goldene Kette mit einem undefinierbaren Anhänger, es hätte ein großes "P" sein können, aber wieso, sie heißt doch Claudia, weshalb dann ein "P", das gibt doch keinen Sinn.

Sie sah mich an, einfach so, mit ihren großen blauen Augen. Es sind diese Augen, die eine Wahrheit verkünden, als schaute man in einen Brunnen, auf dessen Grund goldene Münzen liegen und ich kann die Zahlen erkennen...... Null......Null.......

Sie sagte nichts, die Schwester. Ihr Mund öffnete sich, die Nasenflügel bebten, doch ihre Lippen schlossen sich wieder. Und die Wahrheit legte sich auf mich wie das Grabtuch Christi, umhüllte mich, kalt fühlte es sich an, es gab kein Entrinnen mehr.

„Er ist tot, nicht wahr?" Ganz ruhig war ich. Natürlich, er musste ganz einfach tot sein, so, wie sie da stand, in dieser Ruhe, so bleich im Gesicht.

Sie nickte.

„Sein Herz hat aufgegeben, wir konnten nichts mehr für ihn tun."

Ich starrte sie an. „Nein, nein, er ist nicht tot. Sie müssen sich irren! Sein Herz war immer gesund. Was glauben Sie eigentlich, wer Sie sind? Ich will zu meinem Mann, gehen Sie ...!"

Ich stürzte an ihr vorbei, rannte wie eine Irre über diesen langen Flur, vorbei an den ganzen Fenstern, die mit Gardinen behängt wie eine Wohnanlage wirkten. Wohnen und Leiden hinter Glas. Furchtbar, dieser Bau.

Bernhard lag unter einem weißen Laken. Keine Schläuche, kein Beutel, kein Pflaster im Gesicht, keine Piepstöne mehr. Keine Maschine, die Luft in ihn pumpte.
Nur wächserne Stille über ihm.

Wächsern. Weiß. Schweigen.

Ich schrie. Jemand musste doch mal diese unnatürliche Ruhe durchbrechen! Ich schrie, schrie immer weiter, konnte nicht aufhören, rüttelte Bernhard an der Schulter, klatschte ihm ins Gesicht.

„Steh' auf! Los, mach schon, stell' dich nicht so an! Wir wollen doch in Urlaub!"
Er fühlte sich entsetzlich kalt an. Seine Hände, sie lagen schon gefaltet, waren blau marmoriert, die Fingernägel dunkel verfärbt, er hatte immer so viel Wert auf

gepflegte Hände gelegt, sein Brustkorb stand still, die Luftmaschine schwieg.

"Bernhard!! Bitte, steh' doch auf, Bernhard ..." Schluchzen schüttelte mich, ich bekam keine Luft mehr, ich japste, ich trat nach ihnen ....

Viele Hände griffen mich.

„Sie ist schuld!"

Ich zeigte auf die Schwester, zur versteinerten Inquisition geworden. Das ließ ich nicht zu, sie nahmen mir meinen Bernhard weg!

„Sie hat ihm eine Spritze gegeben, das war ein falsches Medikament, danach ging es ihm viel schlechter! Und überhaupt, es war viel zu kalt für ihn, ohne Decke, Herr Doktor, hören Sie, diese Schwester müssen Sie ..."

Autsch! Ich spürte einen Stich im Hintern. Sie gaben mir eine Spritze durch die Hose!

„Was soll denn das?"

„Frau Rupert, jetzt seien Sie doch vernünftig! Beruhigen Sie sich, es ist nun mal so ..."

Nun schrie die Schwester. „Wir wollen Ihnen doch nur helfen! Es ist nicht mehr zu ändern!"

Dann weiß ich nicht mehr viel, irgendwie wurde ich sehr müde und gleichgültig.

Als ich erwachte, lag ich zu Hause in meinem Bett.

Das Zimmer war hell und ruhig, neben mir, auf der Bettkante, saß Frieder, unser Sohn.

„Oh, ich muss eingeschlafen sein, tut mir leid, wo ist Papa, packt er noch?"

Frieder schluchzte.

„Ach Mama", sagte er.

Jetzt bemerkte ich seine Tränen, er sah sehr müde aus, mein Sohn.

Langsam begriff ich. Die Spritze wirkte noch und schirmte mich gnädig ab.

„Weißt du, was besonders schlimm ist, Frieder?" Er schüttelte den Kopf, schnäuzte sich laut.

„Alles ist schlimm, Mama!"

„Er konnte sich nicht mehr von mir verabschieden, es ging so schnell. Aber – als er sich aufbäumte - glaubst du, er hat gemerkt, dass er stirbt?"

„Vielleicht. Ich weiß es nicht. Spielt es denn noch eine Rolle?"
Bernhard ist in all den Jahren, die wir verheiratet waren, nie gegangen, ohne mir einen Kuss zu geben. Außer bei diesem, dem endgültigen Abschied.

„Nein", sagte ich, ganz ruhig war ich nun, „es ändert eigentlich nichts mehr."

Das Haus habe ich verkauft.

Ich lebe ganz einfach in einer Zweizimmerwohnung, bin oft in Südfrankreich, besuche große Städte, stelle mir Bernhard an meiner Seite vor, frage in inneren Dialogen nach seiner Meinung, bitte um seinen Rat, den ich mir dann selber geben muss.

Vor allem rede ich mit ihm über seinen Todeskampf, wie er ihn empfunden hat, ob es sehr schlimm war und ob er wirklich fror und Schmerzen hatte.

Und er antwortet mir fast immer das Gleiche:

„Nur eine Summe aus wenigen Stunden, nichts wirklich Schlimmes, Liebes.“

„Aber eigentlich warte ich auf den großen, schwarzen Vogel, der mich auf seine Flügel nimmt".

Abb. 1 Schwarzer Vogel
Kohle auf weißem Papier.

Ich heiße Hildebrand

Ich habe sie alle überlebt- meinen einzigen Sohn, meine Frau. Sie hat mich im Schlaf verlassen, einfach so, unbemerkt und ohne sich zu verabschieden, nach 60 gemeinsamen Jahren, nach schweren Zeiten mit zwei Weltkriegen. Ganz still lag sie neben mir, morgens beim Erwachen. Stille und tiefer Frieden über ihr. Ich habe ihre Hände gefaltet, das liebe, schöne Gesicht gestreichelt und sehr geweint, dankbar für die letzten, die allerletzten gemeinsamen Minuten des Abschieds. Ihr Lachen fehlt mir jedoch mehr als alles andere auf der Welt.

Mein Sohn ist schon lange gegangen. Sie fanden ihn auf den Bahngleisen zwischen Bad Berka und Weimar. Wir haben nie erfahren, was ihn dorthin getrieben hat. Es gibt Kinder, die kommen ohne Schutzengel zur Welt. So ist das Leben. Er sollte es eigentlich besser haben, eine gute Kindheit und Jugend und ein Studium. Dafür haben wir alles getan. War es zu viel? War es falsch? Was ist schlimmer, als wenn Eltern ihr Kind überleben? Unser Sohn liegt auf dem Friedhof in Weimar, dort haben wir ihn jede Woche besucht, Zwiesprache gehalten und immer wieder die gleiche Frage gestellt. Und nie die Antwort gefunden. So ist das Leben.

Ich liebe Vögel. Früher, als auf meine Augen noch Verlass gewesen, konnte ich stundenlang mit dem

Fernglas in Bäume schauen und gab jedem Vogel einen Namen. Heute kann ich sie nur noch hören. Ich erkenne sie an ihrem Zwitschern und kann den Frühling kaum erwarten, wenn sie nach der Winterstille ihre Schnäbel wieder öffnen, und der Himmel angefüllt ist mit ihrem Flattern, mit ihrem Gesang. Dann sitze ich in dem geliebten Garten in unserem letzten Hort, der Alteneinrichtung, in dem wir den glücklichsten Teil unseres Lebens verbringen durften, nur 12 Kilometer von unserem Heimatort Kranichfeld entfernt. Behütet, versorgt in einer Gemeinschaft, ohne Angst und mit zuversichtlichem Blick auf jeden neuen Tag. Inzwischen bin ich der älteste Bewohner. So ist das Leben. Es gibt kein anderes. Also nehme ich es so.

Ich liebe Pferde. Gerne streichelte ich noch einmal den Hals eines Pferdes, hörte ihr Schnauben und atmete den unbändigen Geruch nach Kraft und Wildheit. Mein Großvater züchtete Pferde für die Armee. Im Pferdestall war ich stets lieber als in der Schule. Da gab es zu oft Prügel. Das ist heute ja alles anders, und das ist auch gut so.

Was in Buchenwald geschah, hatte ich damals nur geahnt. Es war eine schreckliche Zeit. Manchmal habe ich den Häftlingen etwas Brot zugesteckt, aber nicht zu oft, ich hatte zu viel Angst, erwischt zu werden. Und zum Ende des Krieges zogen die Häftlingszüge direkt durch Weimar, vom Ettersberg über den jetzigen Stadtring raus aus der Stadt, nur wenige Meter von unserem Seniorenheim entfernt. Die Amerikaner zwangen uns, die Gräuel in Buchenwald anzuschauen. Aber das ist schon sehr lange her. Und die Mauer steht auch nicht mehr. Die Heimleitung möchte meinen hundertjährigen Geburtstag mit mir feiern. Das kann ich nicht entscheiden, das liegt in Seinen Händen.

Aber eigentlich warte ich auf den großen, schwarzen Vogel, der mich auf seine Flügel nimmt, in eine neue Zeit, in eine andere Welt. Und fliegen wir auf, mitten in Himmel ein, werde ich lachen, werde ich alles verstehen, und wieder glücklich bei meiner Familie sein. Mein Fenster lasse ich abends immer offen.

Damit er mich auch findet, mein großer schwarzer Vogel.

Abb. 2 Sisyphus
Kohle auf weißem Papier

Aus anderer Landschaft

Der Tag wird gut. Das Wetter ist hervorragend für eine Bergwanderung und ich habe Stift und Papier im Rucksack, die schönsten Momente will ich mit Skizzen einfangen. Die Alpen auf der Nordseite bei sonnigem Wetter sind unvergleichlich. Es wird eine Tagestour von acht Stunden, alle Pausen zum Trinken und Malen mit gerechnet. Die erste Etappe von einer Stunde führt mich bis zum Fuß der Kampen Wand, dann erst wird es anstrengend.

Ich sehe den Berg hinauf. Es ist noch früh. Keine Menschenseele zu sehen. Vor den ersten wirklich steilen hundert Höhenmetern halte ich an. Vor mir liegt ein riesiger Felsbrocken, zwei Meter hoch und bestimmt drei Meter im Durchmesser. Der Fels ist schroff, mit Furchen und Spalten, aber seltsamerweise ist an keiner Seite kein Moosbewuchs zu sehen? Ich kann mich nicht erinnern, ihn vor ein paar Monaten hier gesehen zu haben, als ich diese Tour auf Skiern mit einer Wandergruppe unternahm. So viel Schnee kann es gar nicht geben, um dieses Monstrum zu überdecken. *Oder doch?*

Ich lege den Rucksack ab und greife nach der Trinkflasche. Meine Augen tasten diesen Findling nach brauchbaren Griffen und Tritten ab. Eine kleine Kletterübung kann nicht schaden. Dieser Riese scheint wie geschaffen für eine Boulder-Einlage zu sein, obgleich ich mit Seil und Haken besser zurechtkomme. Ich ziehe meine Jacke aus und probe skeptisch den Griff. Es kommt hin. Hier ein Tritt, da zwei Griffe, ein Riss, in den ich meine zwei Finger stecke, ausatmen und - hochstemmen, na also! Oben hat der Brocken eine richtige Plattform, auf die ich mich niederlasse und warte, bis mein Atem sich beruhigt. Herrlicher Blick über den Talschluss.

Ich sehe den Weg, auf dem ich vorhin entlang kam. Ich greife nach meinem Skizzenbuch in meiner Hosentasche. Das lohnt sich hier. Ich male mit ein paar Strichen den Latschenkieferwald unter mir. Es ist total still. Kein Mensch zu sehen und zu hören. Ich bin allein.

"Guten Tag!" Erschrocken fahre ich herum, lasse meinen Bleistift fallen. Ich hörte niemanden kommen. Unten steht ein Mann, hoch gewachsen, sehr muskulös, in kurzen Hosen und einem verdreckten, löchrigen Pullover oder etwas ähnlichem. Er ist so schmutzig, dass ich das nicht mehr erkennen kann. Ein zotteliger Bart mit Filz und Tannennadeln rundet das Bild von einem Obdachlosen ab. *Aber die laufen doch nicht in den Bergen herum? Und seine Schuhe gleichen Römersandalen, auch nicht gerade die vorschriftsmäßige Ausrüstung für die Berge.* "Oh, hallo! Sie haben mich aber ganz schön erschreckt!" "Das tut mir leid, das wollte ich natürlich nicht. Aber sie sitzen auf meinem Stein!" Ich schnappe verblüfft nach Luft. *Ist das ein Irrer?*

"Ach so. Das finde ich schade. Ich meine, dass ich auf Ihrem Stein sitze, der ist ja sehr schön. Und ich konnte nicht ahnen, dass das Ihr eigener Stein ist!"

Die Ironie prallt an ihm ab, er lächelt gütig. "Macht ja nichts. Wie sind Sie denn da rauf gekommen? Haben Sie eine Leiter im Gepäck?"

Er hustet sehr geräuschvoll. Das Produkt dieser Anstrengung spuckt er seitlich von sich. Ich erhebe mich langsam, mustere ihn dabei aus wahrscheinlich olivengroßen Pupillen. Ich frage mich, ob ich Angst haben muss und wo ich jetzt sicherer wäre: Hier oben oder wenn ich wieder Boden unter den Füßen hätte?

"Ich kann klettern. Und habe ein wenig trainiert. Außerdem wollte ich die Aussicht genießen. Muss ich jetzt runter kommen?" Jetzt lacht er aus vollem Hals. "Nein, nein. Bleiben Sie ruhig. Ich versuche auch mal, auf meinen Stein zu kommen. Wissen Sie, den sehe ich sonst nur von unten. Wie haben Sie das denn gemacht?" "Ach, das ist wirklich nicht nötig. Ich komme herunter, dann können wir uns doch ..."
Er ist schneller als ich beim Bouldern. Schon steht er neben mir. Ich gehe einen Schritt zurück, mehr ist leider nicht drin.

"Oh. Ich mache Ihnen Angst? Das will ich nicht, wirklich! Sie brauchen nichts zu befürchten, ich tue keinem Menschen was. Kann ich auch gar nicht mehr. Die Zeiten sind vorbei. Ja - die Aussicht ist klasse! Und das ist wirklich eine kleine Abwechslung für mich. Ich treffe so selten auf Menschen und habe seit Hunderten von Jahren mit keinem mehr gesprochen. Wundert mich, dass ich es nicht verlernt habe!" *Na bitte. Dachte ich mir doch, dass das ein Irrer ist. Ein ungewaschener Bärbeiß. Aber die meisten sind ja wirklich harmlos und ganz friedlich. Ich hole tief Luft und bewahre erst mal Ruhe. Nur keine Angriffsfläche bieten, immer zustimmen.*

"Was malen Sie denn so? Darf ich ...?"
Er greift nach meinem Block und hebt meinen Bleistift auf.
"Hier. Haben Sie verloren."
Dann starrt er auf das Bild. Sehr lange und sehr aufmerksam.
"Wissen Sie, dass vor zweihundert Jahren hier noch der Gletscher lang floss? Und dass der Wald mit den Kiefern noch nicht zu sehen war?"
"Ja. Ich habe davon gelesen. Es ist interessant für die Gletscherforscher und Geologen, dass die Gletscher immer mehr zurückgehen."
"Die Geologen!" Er macht eine verächtliche Miene. Und hustet abermals, schluckt es dieses Mal aber tapfer hinunter. "Ich habe es selbst gesehen! Ich hatte diesen Stein schon vor 350 Jahren das erste Mal den Berg rauf gewälzt! Was glauben Sie, wie sich Landschaft verändert in so langer Zeit!"
"Was haben Sie?" Ich seufze. Grundgütiger, was für ein Spinner! Wie komme ich hier schnell wieder weg? Ohne ihn zu verärgern? Er sieht so kräftig aus.

"Wissen Sie nicht, wer ich bin?" Es klingt sehr erstaunt, fürwahr. "Nein. Sie haben sich nicht vorgestellt. Woher sollte ich sie kennen? Ich lebe erst seit vierzig Jahren!"

"Haben Sie nicht die griechische Mythologie in der Schule gelernt? Die Psychologie kommt doch gar nicht ohne aus! Was machten die ohne ihren Ödipus?"

Er lacht schallend los. Humor hat er ja, das muss ich ihm lassen. Ich fingere nach meinen Zigaretten. Jetzt geht es nicht mehr ohne Rauch. "Kennen Sie die Arbeit, die nichts und gar nichts einbringt, sehr anstrengend ist und immer wieder von vorne beginnt?" Ich stecke mir die Zigarette an, nehme einen Zug und blinzele. "Ja. Natürlich kenne ich die. Wir Frauen nennen es Hausarbeit."

"Hausarbeit ist nicht umsonst. Sie sehen sofort Ergebnisse. Sie halten - zugegeben - nicht lange an, aber es befriedigt und man kann viel nachdenken und bekommt auch Lob dafür! Nein, nein ... ich meine, wirklich sinnlose, absurde Arbeit, Beschäftigung, eine Strafe! Na? "

Jetzt muss was kommen. Was meint er denn nur? Dann lache ich auch schallend. "Sisyphus. Sie meinen "Sisyphusarbeit", nicht wahr? Ja, die kenne ich! Mache ich manchmal auch, manchmal sogar jeden Tag! Ich bin Krankenschwester und arbeite mit Ärzten zusammen, die jeden Tag aufs Neue erzogen werden müssen!"

"Krankenschwester? Wie interessant! Das ist keine

Sisyphusarbeit, das ist ein Beruf, der zwar schwer ist, ja, sehr schwer, aber Sie nehmen so am Leben anderer Menschen teil, das ist doch eine Ehre und nie langweilig!" Wieso kennt er sich mit Krankenschwestern aus? "Was machen Sie eigentlich mit diesem stinkenden Zeug da? Wozu soll das gut sein?"

"Das ist ein Sargnagel, ein Tröster in schweren Stunden, ein Schnuller für Erwachsene!"

"Darf ich auch mal ...?" Er greift nach meinem Glimmstängel.

"Nein, Sie husten schon genug. Wie heißen Sie denn nun?"

Er zieht die Augenbrauen hoch, stöhnt ein wenig. "Na, wie wohl? Stein und unnütze, absurde Arbeit? Wer bin ich wohl?"

Ich starre ihn an. Ich stoppe meine Atmung. Und rühre mich nicht von der Stelle. Die Zigarette verbrennt mir die Finger.

"Sisyphus?", hauche ich, traue mich wieder Luft zu holen. Er lacht wieder, haut sich auf die blanken Schenkel.

"Richtig! Ich bin Sisyphus!" Natürlich. Wer auch sonst? Ich wandere durch die Alpenlandschaft, nichts ahnend, klettere auf einen Fels, der zufällig Sisyphus gehört. Und der setzt sich neben mich, redet mit mir, als wäre das völlig normal! Ein Schizophrener? Mit Psychose?

"Quatsch. Das ist ein Mythos, keine lebendige Gestalt. Wo sind Sie denn weggelaufen? Haben Sie Ihre

Tabletten nicht genommen? Wollen Sie mich verschaukeln? Oder sind Sie nur mit einer üppigen Fantasie ausgestattet? Damit könnten Sie ja glatt Geld verdienen!"

Jetzt reicht es! Ich springe auf. Mit einem Male sieht er traurig aus. Er kaut auf seiner Lippe und sackt ein wenig in sich zusammen. Fast tut er mir leid. Lass' ihm doch seinen Wahn! Kann doch vielleicht ganz interessant werden! Nun wird es still zwischen uns. Sein Blick geht in die Ferne. "Sie glauben mir nicht?", fragt er ganz leise. "Nein, nun - jedenfalls nicht alles. Nur ein bisschen. Ich wäre auch gerne schon mal jemand anderes, manchmal, aber ganz bestimmt nicht Sisyphus! Sie können nicht der arme Mann am Berg sein, der den Stein immer und immer wieder hinauf stemmt! Und schon mal gar nicht dieses Ungetüm!"

"Sie glauben mir nicht." Er seufzt, steht langsam auf. "Das ist schade. Sie hätten so viel lernen können, so viel erfahren!" Und begibt sich an den Abstieg. "Ich muss los. So viel Pause war nicht geplant. Passen Sie auf, ich zeige Ihnen was."

Ich bin ebenfalls aufgesprungen, weiß nicht, was ich jetzt tun soll. Hinunter klettern? Der Stein bewegt sich. Kein Zweifel, er rutscht geräuschvoll ein paar Zentimeter bergan. Und da! Schon wieder. Dieses Mal ein größeres Stück. Dieser Irre schiebt diesen Koloss vorwärts! Das ist doch nicht möglich! Wer spinnt jetzt eigentlich? Ich oder der??

"Warten Sie, ich komme herunter!" Ich verpasse den letzten Tritt und mein Abstieg geht schneller, als ich wollte. Ich falle auf meinen Besten und schreie ein wenig auf. Das tat wirklich weh! So was Blödes.

Er kommt hinter dem Fels hervor und sieht sehr besorgt aus. Er hilft mir auf, hält mich fest. Da bemerke ich, dass er überhaupt keinen Geruch an sich hat. Er riecht nach - nichts. Das müsste er aber eigentlich, so dreckig, wie er aussieht. Und ich besitze eine empfindliche Nase.

"Hast du dir wehgetan?" Ich schnüffele verlegen.

"Nein, nur ein bisschen. Schlechte Technik war das!" Dann merke ich, dass ich auch seine Berührung gar nicht spüre. Als wenn mich ein Nichts anfasst. Ich sehe erst irritiert auf seine Hände, die meine Schultern halten und dann in sein Gesicht. Ich sehe ihn ganz deutlich vor mir, er hat braune Augen und richtige Zähne. Sie schimmern wie Perlen.

Vorsichtig lege ich meine rechte Hand auf seinen wilden Schopf, dann merke ich jedoch, dass diese Geste viel zu intim ist und zucke zurück. Ich spüre ihn nicht. Ich sehe jemand, der nicht greifbar ist, sonst müsste ich ihn doch anfassen können. Er lächelt.

"Alles nämlich, was ich bis heute als ganz wahr gelten ließ, empfing ich unmittelbar oder mittelbar von den Sinnen; diese habe ich bisweilen auf Täuschungen ertappt, und es ist eine Klugheitsregel, niemals denen volles Vertrauen zu schenken, die uns auch nur ein einziges Mal getäuscht haben, nicht wahr?" "Warum riechst du nicht? Warum kann ich dich nicht anfassen?"

"Ich bin ein Mythos, virtuell. Kein Mensch. Der Möglichkeit nach vorhanden. Und ein Mythos stinkt nicht, und anfassen kannst du ihn auch nicht. Leider. Ich habe Frauen gerne ..."

"Ja, das glaube ich." Ich winde mich aus einer Berührung, die ich nicht spüre, aber sehe. Bisher konnte ich jedenfalls meinen Sinnen immer trauen. Außer, wenn ich verliebt war. Vielleicht träume ich ja auch nur? Und wache gleich auf? Jedenfalls bin ich nicht verliebt.

"Was heißt 'virtuell'?"

"Der Möglichkeit nach vorhanden, verstehst du?"

"Nein." Er seufzt. "Das ist doch ganz einfach. Du siehst mich, weil du erkennen kannst! Weil es in deinem Geist diese Möglichkeit gibt!! Wie heißt du?"

"Katharina. Katharina. Schöner Name. Also Katharina, ich bin eine Möglichkeit, verstehst du jetzt?"

Er ist ein Mythos. Mythos ist griechisch und bedeutet 'Erzählung'. Es ist möglich, dass ich einer Erzählung begegne, sie aber nicht fühlen und riechen kann. Na gut. Ich beschließe, dass es möglich ist.

"Wieso bist du eigentlich zu dieser schweren Strafe verdonnert worden? Was hast du denn angestellt?"

"Da streiten sich die Überlieferungen. Und ich weiß es nicht mehr genau, es ist zu lange her. Ich habe die Götter erzürnt, weil ich den Tod in Ketten gelegt habe, ich habe geklaut, meine Frau betrogen und Zeus verraten und ... naja, was man im alten Griechenland so trieb ..."

"So mit kleinen Jungs?" Ich kann es mir nicht verkneifen.

"Nein, das nicht. Ich liebte die Frauen zu sehr. Ihr seid etwas Wunderbares, wirklich! Glaubst du mir jetzt, dass ich Sisyphus bin?"

"Ja, klar. Wer denn sonst?" Mein Verstand weigert sich zwar, aber irgendwie ... ist alles sehr merkwürdig, hier, ich wollte ja nur ein bisschen wandern, und jetzt rede ich mit einem Mythos aus anderer Landschaft, der schöne Augen hat, nicht riecht und den ich nicht anfassen kann. Schade eigentlich.

"So. Das ist schön. Dass du mir glaubst, meine ich. Aber jetzt muss ich unbedingt los. Du hast doch nichts dagegen? Vielleicht begleitest du mich ein Stück?"

"Wohin denn?"

"Na, den Berg hinauf. Der Stein muss wieder rauf! Ich habe mir jetzt eine neue Route ausgedacht, das bringt Abwechslung in die Angelegenheit." Er lacht schelmisch und stellt sich in Position, atmet tief ein und aus. Ich kann nicht glauben, dass er dieses Monstrum gleich vorwärts bewegt, das gibt es doch nicht. Und tatsächlich. Er bewegt sich. Mein virtueller Mythos stemmt sich mit seinem ganzen materielosen Körper dagegen, das Gesicht zur Seite an den schmutzigen Fels gepresst, und ich sehe staunend, welche Muskelpakete sich unter dieser Haut tummeln und aktiv werden.

Einen Meter. Er ächzt und verdoppelt seine Anstrengung. Zwei Meter. Meter! Das kann man ja nicht mit ansehen. "Soll ich dir helfen?" Ich stelle mich neben ihn.

"Untersteh' dich! Das ist mein Stein! Such' dir einen Eigenen! Wie kannst du denn bei so einem Koloss helfen wollen?"

"Ich wollte nur nett sein!" Jetzt bin ich pikiert. Er hält ein, schnaufend.

"Da weiß ich doch schon, was dein Problem ist! Bietest deine Hilfe für anderer Leute Stein an, denen nicht zu helfen ist und dann bekommst du deinen eigenen Brocken nicht mehr hoch! Oder - du verlierst deinen völlig aus den Augen! Vielleicht bindest du dir stattdessen falsche Felsen wie Mühlsteine um den Hals und hast noch dazu einen am Fußgelenk! Kommt das hin?"

Ich schlucke. Da ist was dran.

"Was soll ich denn sonst machen? Ist ja auch mein Beruf. Ich helfe Menschen, ihren Stein fortzubewegen!"

"Glaub mir. Das kannst du nicht. Jeder hat *seinen* Stein. Für diesen ist er ganz allein verantwortlich. So. Und jetzt weiter."

Und die Schinderei beginnt von vorne. Er hat Recht - da kann ich ihm nicht helfen.

"Sisyphus?" Wie leicht mir nun der Name von den Lippen perlt.

"Hm?"

"Du hast den Tod in Ketten gelegt?"

"Ja."

"Wie hast du das gemacht? Äh, ich meine, wie kann man den Tod in Ketten legen? Wo ist der Tod? Wie sieht er aus?"

"Weiß ich nicht mehr. Er sieht gut aus. Keine Sense, kein Stundenglas, kein schwarzer Kapuzenmantel. Und - soll ich dir was verraten? Es ist ein Geheimnis, aber das glaubt dir sowieso keiner, wenn du es verrätst. Der Tod ist weiblich!"

Ich schnappe nach Luft. "Der Tod ist eine Frau? Du spinnst ja!"

"Ich sagte, der Tod ist weiblich, nicht, dass er eine Frau ist!"

"Frauen sind nun mal weiblich, oder willst du das abstreiten?"

"Nein, Frauen sind weiblich, da hast du ja Recht. Aber was du meinst, sind die weiblichen Attribute, die eine Frau ausmachen und die den Männern so gut gefallen. Mit 'weiblich' meine ich hier mehr die Eigenschaften, so von ihrem Ursprung her, nicht die des Aussehens! Eigenschaften, hörst du? Frauen sind weniger aggressiv, offener, hegen ihre Brut, besitzen mütterliche Instinkte, die sie nicht nur auf ihre Nachkommen anwenden, sind sanft, weich usw. All' das hat der Tod auch."

"Wieso heißt er dann 'der Tod' und nicht 'die Tod'?", frage ich bockig nach.

"Im Französischen ist der Tisch auch weiblich! Was soll das? Machen wir jetzt einen Wettstreit in Semantik und Übersetzung? Das ist doch nicht abhängig von dem Artikel vor dem Substantiv, ob es männlich oder weiblich ist!"

Ich runzele die Stirn. Bisher glaubte ich dieses.

"Na ja, das habe ich vor Urzeiten aber mal in der Schule gelernt!"

"Vergiss das einfach! Manchmal steht einem das Erlernte nur im Wege. Also, der Tod ist weiblich, weil er den Menschen nachhause holt. In ein bereitetes Nest. Und weil er dabei behutsam vorgeht. Das war eine dumme Idee von mir, ihn in Ketten zulegen, schließlich hat er dann nichts mehr zu tun, und den Menschen wird langweilig, weil sie ewig warten müssen."

"Ach was! Nur am Schluss ist das Leben eine Summe von Stunden. Alles andere ist unwichtig.‘

"Ja, aber nur, wenn du keinen Fels hast, den du hochstemmen musst. Wer hat denn so etwas gesagt?"

„Keine Ahnung. Klingt aber logisch.‘

"Das ist Unsinn. Kein Mensch wartet das ganze Leben. Jeder tut etwas. Und überhaupt - die Krankenpflege und die Medizin tun doch nichts anderes. Ihr versucht, den Tod in Ketten zu legen, ihn in ein Separee zu verbannen. Manchmal gelingt es - für einen gewissen Zeitraum. Oder ihr entreißt den Menschen dem Tod und entzweit ihn. Dann leben sie weiter. Im Bett, als Krüppel ohne Selbstbestimmung. Der Stein ist oben, aber sie selbst rollen wieder den Berg hinunter. Das ist das Schlimmste, was einem Menschen passieren kann. Und da seid ihr auch noch stolz drauf!"

"Nein. Ich bin da jedenfalls nicht stolz drauf. Sag' mal ... ist der Stein denn jemals oben?"

"Ja. Natürlich. Wenn man tot ist. Dann ist es vollbracht. Wenn ihr das verhindert im Krankenhaus, ist der Stein oben, aber der Mensch fällt den Berg wieder hinab. Na, was ich schon sagte. Und bleibt liegen. Ohne seinen Stein, ohne seine Aufgabe. Und er bekommt ihn nie wieder. Das ist das Traurige. Entschuldige- es geht weiter." Er stöhnt und ächzt. Das Anrollen scheint besonders schwierig zu sein.

"Wie lange dauert denn so eine Route? Ich meine, wenn du wieder von unten anfängst, wann bist du oben?"

"Ich habe kein Zeitgefühl wie die Menschen. Für einen Mythos gilt nur die Unendlichkeit", presst er hervor.

"Hast du schon mal einen anderen Berg ausprobiert? Ich meine ... wegen der Abwechslung!" Er stutzt.

"Wieso einen anderen Berg?"

"Ich meine ja nur, es gibt doch noch viel mehr als die Alpen! Viel, viel höhere als diesen Winzling hier, den du bearbeiten könntest! Der Mount Everest zum Beispiel, das ist der höchste Berg der Welt!"

"Wo ist der?"

Jetzt habe ich ihn neugierig gemacht!

"Im Himalaya. Auf dem Dach der Welt, fast 9000 Meter ist er hoch und er wächst jährlich sogar. Aber nur um

Millimeter! Es ist ein heiliger Berg nach dem Glauben der Sherpas, dort oben wohnen die Götter!"

"Im Himalaya? Da glauben die Menschen nicht an einen Mythos wie mich! Und mit den Göttern möchte ich nicht so unbedingt in näheren Kontakt treten, verstehst du? Die Menschen dort haben andere Überzeugungen, deshalb kann ich da schon mal nicht hin! Aber die Idee hat was, mal einen anderen Berg zu nehmen! Welche Berge hast du denn schon bestiegen?"

"Och, das ist eigentlich nicht erwähnenswert. Die Wildspitze, in der Brenta, ein paar in den Hohen Tauern, warum?"

"Ist dir schon mal in den Sinn gekommen, dass das auch eine völlig unsinnige, absurde Tätigkeit ist, auf Berge zu klettern oder an Felsbrocken zu bouldern? Wer hat denn davon einen Nutzen?"

"Na, ich natürlich!"

"Ach? Und wieso ist dann das Felsen hochstemmen eine Ewigkeit lang eine absurde, schwere Bestrafung?"

Ich schaue den unfassbaren Mythos an. Er schaut mich an.

Ich frage mich gerade, ob ein Mythos überhaupt männlich ist. Oder nur diese Eigenschaften besitzt. Er sieht jedenfalls so aus. Hm. Er hat Recht. Wieso ist für mich auf Berge klettern mit schwerem Rucksack und Seil eine nutzbringende Angelegenheit? Wieso plage ich mich einen Felsblock hoch, der einem Mythos gehört? Welche Maßstäbe gelten hier eigentlich? Für manche meiner Zeitgenossen ist das gleichfalls eine Bestrafung, schon deshalb, weil es anstrengend ist, und man kein Auto mitnehmen kann. Ich lache verlegen. Dieser Punkt geht an ihn.

"Das weiß ich nicht. Jeder, wie er kann."

"Ich sagte doch, du wirst viel lernen heute." Er wendet sich wieder seiner Ewigkeitsaufgabe zu. Was macht er eigentlich, wenn er den Stein kurz vorm Gipfel wieder verliert? Pause? Sich irgendwelche Gedanken? Der weite Weg zurück, um von vorne zu beginnen?

"Sisyphus?"

"Hm." Er schiebt mit verzweifelter Anstrengung. Jetzt kommt ein schwieriges Teilstück: Geröll, wohin das Auge sieht. Ein Weg ist nicht erkennbar. Wir schieben hier quer durch die Gebirgslandschaft. Ich schätze, diese Route gibt es auf keiner Karte.

"Darf ich dich mal zeichnen? Während du schiebst?"

"Wenn du meinst, dass das sinnvoll ist und du mich erkennen kannst. Warum nicht?"

"Super!" Ich lange nach meinem Block in der Jacke. Es geht relativ einfach, bei diesen definierten Muskeln und langen Haaren und dem wilden Blick. Wäre er mir in der S-Bahn begegnet, ich wäre schreiend weggelaufen. Außerdem hat er nun Zeit zum Schieben. Als ich verschiedene Skizzen fertig habe, verspüre ich Hunger.

"Machst du denn auch mal Pause? Zum Essen und Trinken, zum.... na, du weißt schon ..."

"Nein. Ein Mythos hat keinen Hunger, keinen Durst,

und das andere - auch nicht."

"Aber du hast Gefühle! Du lachst, und eben, als ich nicht glaubte, dass du Sisyphus bist, warst du traurig!"

"Ja. Ich habe Gefühle, aber keine Bedürfnisse. Das ist eine wundervolle Kombination, sie macht dich unangreifbar und unverletzlich. Du wartest auf nichts mehr, hegst keine überflüssigen, kräftezehrenden Hoffnungen, kennst keine Enttäuschungen. Die Hoffnungen haben die anderen, die Menschen, die an einen Mythos glauben!"

"Also ist Sisyphus glücklich?"

"Ja. Der Kampf gegen Gipfel kann Mensch und Mythos glücklich machen!"

Sisyphus! Mensch Mythos, mach' mir Mut und halte mich, gibt's morgen auch kein Wiedersehen! "Nur ab und zu musst du mal husten?" Er hält inne mit seiner Bürde und grinst.

"Erwischt! Ja, hin und wieder muss ich husten. Ich atme viel Dreck ein auf diesen steilen Wegen! Das muss natürlich wieder heraus! Du bist ganz schön clever!"

"Fehlt nur noch, dass du jetzt sagst: 'Ganz schön clever *für eine Frau*'!"

"Unsinn! Ihr Frauen habt den Männern so viel voraus! Ihr denkt mehr beziehungsorientiert, seid nicht so statusbesessen - von Ausnahmen mal abgesehen - und viel weniger egozentrisch. Wenn Frauen die Welt regierten, gäbe es weniger Kriege, da bin ich mir sicher. Jede Frau, die Mutter ist, kann nur gegen Krieg sein!

Schließlich zieht sie ihre Brut nicht hoch, um sie wegschießen zu lassen.

Männer kreisen mit ihren heimlichen Ängsten immer um die Frage: Was ist eigentlich ein richtiger Mann? Fehlt mir was? Das Problem ist nur, ihr wisst es nicht alle, dass ihr so viel könnt, ein weiteres Problem ist der Umstand, dass ihr euch nicht einig seid. Da haben euch die Männer wieder mehr voraus. Zu viele Frauen fühlen sich in ihrer Abhängigkeit einfach zu wohl und wollen gar nichts ändern!"

"Und was war mit Lysistatra? Waren sich die Frauen da nicht einig? Männer mit Sexentzug strafen, um sie vom Krieg führen abzuhalten?", frage ich listig. "Mit Sexentzug straft sich jede Frau nur selbst. Es sei denn, der Sex an sich ist schon eine Strafe für sie - soll es ja geben - weshalb sie ohne Verlust darauf verzichten kann. Aber - Lysistatra hatte keinen Mann, war nicht verheiratet. Sie hat von ihren Geschlechtsgenossinnen etwas verlangt, was ihr selbst sowieso vorenthalten war. Und einig? Pah! Wie viele haben den Streik gebrochen? Hielten es vor Sehnsucht nicht aus, als Ihr Gatte endlich, endlich nach Monaten gesund aus dem Feld heimkehrte? Und seine Wunden gepflegt haben wollte? Ach, weißt du, nichts und niemand hält einen Mann davon ab, sich zu prügeln und mit Rivalen zu messen, wenn er es denn unbedingt will! Sexentzug macht ihn nur noch aggressiver! Nein, was Lysistatra da verlangte, war irrsinnig, das musste einfach scheitern."

"Ja, ich fand auch, dass das eine schlechte Idee war. Aber - es ändert sich doch anscheinend nie etwas. Es ist fast so, als könnte ich über mein Bett den Spruch schreiben: 'Mal hatt' ich keinen Becher, mal fehlte mir der Wein'! Von wegen, auf jeden Topf passt ein Deckel!"
Er sieht mich prüfend an, lässt wieder von seinem Fels ab.

"Wie sieht es mit dem Spruch aus: Was ich nicht lebte, werde ich auf immer vermissen? Passt der nicht besser? Oder bedingt das nicht eigentlich, dass du nie beides hast, *Becher und Wein*? Was wäre denn schlimmer für dich: etwas oder jemanden ein Leben lang hinterherzujagen oder es und ihn für kurze Zeit zu besitzen, um es dann wieder hergeben zu müssen?"
Ich schnappe nach Luft! Was sind das für kryptische Worte? Wie soll frau sich entscheiden? "Alles zu seiner Zeit. Es gibt nichts, was ewig hält, es sei denn, man ist ein Mythos wie du und plagt sich auf ewig als ein Felssolist.

Außerdem hatte ich das alles schon: Ich habe besessen und erlebt, es war nicht gut auf Dauer, habe es wieder abgegeben und suche erneut. Vielleicht weiß ich auch nicht, was oder wem ich eigentlich hinterherjage."
"Dir selbst. Du suchst dich nur selbst. Im anderen. Du suchst dir nur die Falschen aus. Du träumst von einer Legende mit Glück ohne Ende. Damit umgehst du zwar geschickt deine Angst, in der Falle zu sitzen. Doch sitzt du schon lange darin, und du hast dich selbst hinein

manövriert. Dabei ist die Tür nicht verschlossen. Es ist nicht so wie bei meinem Kollegen Tantalus: Er kann nicht hinaus, leidet bei der Fülle von Verlockungen vor Augen und kann nicht zugreifen. Aber - das ist nun mal seine Strafe, die ewige Aufgabe. Deine ist das nicht. Also, greife endlich zu, aber richtig. Vergiss die Angst vor dem Käfig, oder - noch schlimmer - die Furcht, etwas Entscheidendes zu versäumen! Das ist der Rat, den ich dir geben kann. Mache etwas daraus. Und sieh das Leben nicht als viele, verlockende Boulderstationen, die, wenn du sie bezwungen hast, langweilig werden!"

"Den anderen geht es aber nicht besser! Es ist ja nun nicht so, als ob ich die Einzige wäre mit diesem Problem!"

"Nein. Das bist du nicht. Ändert das etwas? Ist es nicht ungleich schlimmer, wenn viele Menschen, Männer wie Frauen, an epidemischem Herzversagen sterben? Und das auch noch ganz alleine? Was wünschst du dir denn wirklich? Wenn ich ein Flaschengeist wäre - welchen dringlichsten Wunsch wolltest du erfüllt haben? Liebe?"

"Liebe? Was ist Liebe? Weiß das ein Mythos?"

"Liebe hat Gründe, die der Verstand nicht kennt. Liebe hat eine eigene Sprache, ist uneigennützig, kennt keine Berechnung, ich nenne es mal: bedingungslose Wertschätzung! Ja. Und das Ganze wird gemeinsam zu mehr, als es die Summe seiner Teile sind. Das verstehst du doch, oder?"

Ich sage nichts. Mich überfällt Traurigkeit. Habe ich schon jemals jemanden in diesem Leben bedingungslos wertgeschätzt? Oder wurde mir Solches zuteil? Kenne ich jemand, der jemand kennt, der jemand bedingungslos wertschätzt? Wenn sie gestorben oder nur fort sind, und ich mir die Vergangenheit vergolde und alles Traurige, alle Verletzungen fortlasse - dann vielleicht?

Und wenn das Ganze zerfällt, dann automatisch wieder in die Summe seiner Einzelteile? Oder bleiben Fragmente auf der Strecke?

"Jetzt siehst *du* traurig aus", sagt mein Mythos. Und macht sich an dem Fels zu schaffen. Sisyphus, ich bin doch eine Blinde, darum führe mich!

"Liebst du deinen Stein?", frage ich ratlos. "Hast du geliebt?"

"Ja, das Leben."

"Deine Frau?"

"Nein. Niemand hat aus Liebe geheiratet. Das war ganz gut so. Die Menschen hatten nicht so viele Illusionen, verklärten nichts in Rosa und hatten kaum Erwartungen. Das ging besser als heute."

"Wie langweilig."

Ich grunze. Will er mir das jetzt schmackhaft machen?

"Nun, da kann man ja abhelfen."

"Mit Knabenliebe zum Beispiel."

"Ja, es gab viele, die das bevorzugten. Ich nicht."

"Andere Frauen?" Er schmunzelt verlegen. "Das schon

eher!"

"Und das soll nun besser sein?!" Spinnt er jetzt?

„Es geht nicht um Besser oder Schlechter. Es geht ums Leiden. Wir haben weniger gelitten. Wir waren nicht so enttäuscht, weil wir keine Erwartungen hatten. Nicht die, die ihr heute pflegt. Wer keine Erwartungen hat, wird nicht enttäuscht."

"So schlecht sind Enttäuschungen ja nicht. Wenn man es mit 'd' statt mit 't' schreiben könnte, hieße es 'Ende einer Täuschung'. Und das ist ja eigentlich nur gut, oder?" "Ja. Ich frage mich nur ...." Er blickt sinnend gen Himmel. "Warum bist du dann so traurig?"

"Weil der Mensch nur im Leiden wächst und glückliche Menschen keine Geschichte haben! Deshalb!"

"Aha. Und wie viele Geschichten hast du schon geschrieben?"

"Ein Buch voll!" Plötzlich kommen die Tränen. Was soll das hier eigentlich? "Meine Liebe! Es gibt Menschen, die bekommen noch nicht einmal eine Seite voll! Sei doch stolz darauf!"

Ich schnüffele, suche ein Taschentuch. "Du?"

"Hm?"

"**Was machst du eigentlich, so kurz nach dem Abgang deines Felsens?** Bist du dann verzweifelt?"

"Nein." Er lacht laut auf. "Dann beginnt die gute Zeit für mich. Der Abstieg ist nur für mich, meine private Ewigkeit. Dann brauche ich kein Mythos sein und bin nur glücklich. Denke und denke und denke, bis der

Schmerz von vorne beginnt."

Das Wetter wird plötzlich schlechter. Wolken, grau und schwer, nehmen die Sicht auf den Gipfel. Und ich verspüre Hunger. Irgendwie kommen wir beide nicht so schnell voran, und ich mache mir schon mal Sorgen um den Abstieg. Ich will nicht im Freien übernachten müssen.

"Also - ich habe noch eine Menge Bedürfnisse! Jetzt zum Beispiel. Ich habe Hunger und muss mal ... du weißt schon!"

"Na, dann geh' eben. Ich muss aber weiter ..."

Ich verschwinde in der Landschaft. Eigentlich müsste ich doch gleich aufwachen. So lange träume ich sonst nie. Und wenn ich nun ein Schmetterling bin, der träumt, ein Mensch zu sein? Vielleicht gibt es gar kein Erwachen mehr? Was ist, wenn ab jetzt alles anders werden muss? Nach dieser Erfahrung? Wieso weiß der eigentlich so viel über mich? Dass ich auf einer Intensivstation arbeite und Probleme mit Männern habe? Und - wenn er das schon weiß - hat er vielleicht als Mythos auch eine Lösungsidee?

"Sisyphus?", rufe ich, während ich meine Hose hochziehe. "Liebst du Musik? Kennst du vielleicht 'Die Moldau' von Smetana?" Keine Antwort.

"Sisyphus?" Ein wenig in Panik beeile ich mich, auf den Weg zurückzukommen. Ich kann den Mythos nirgends erblicken.

"Sisyphus!!" Hat er sich in Luft aufgelöst? Ohne sich zu

verabschieden? Oder ist der Spuk vorbei und ich wache gleich auf, eingeschlafen auf dem Stein in der Sonne? Vielleicht hat er ja auch sein Tempo gesteigert, nach dem ich ihn mit meinen Fragen nicht mehr aufhalte?? Ich gehe schneller. "Sisyphus? Sisyphus! Wo bist du? Hey!" Nichts zu sehen. Und riechen kann ich ihn ja nicht. Dann sehe ich den Stein.

Er hat seinen eigenen Weg gewählt und liegt wieder weit unten bei dem Latschenkieferwäldchen. **Komisch. Das hätte ich doch hören müssen, als der abging!** Muss einen Krach wie ein ganzer Bergrutsch verursachen! Der Mythos hat seinen Fels verloren!! Aha. Das ging ja schnell. Also, auf ein Neues. Aber wo ist der Mythos mit den schönen Augen? Der ehemalige König von Korinth? Nur, weil ich vermute, dass ich sehend bin, brauche ich noch nichts erkennen! Mir sind meine Geschichtskenntnisse aus ferner Schulzeit wieder eingefallen, es gab, glaube ich, noch andere Gründe für seine Verbannung in den Tartarus.

Aber das spielt wahrscheinlich keine Rolle mehr, jetzt und hier. Unschlüssig stehe ich auf der Stelle, drehe mich um mich selber und halte Ausschau. Es hat wohl keinen Sinn, nach ihm zu rufen. Ich hole einstweilen mein Brot aus dem Rucksack und nehme einen Schluck aus meiner Trinkflasche. Einsam wird mir. Ich muss zurück, das Wetter spielt nicht mehr mit. Vielleicht begegne ich ihm ja unten wieder? Und wenn er nun ganz weg ist, weil nun seine Zeit anbricht, die Zeit, in der er kein Mythos ist und alle Regeln hinschmeißt? Er hat Recht. Das glaubt mir kein Mensch, vor allem, dass der Tod eine Frau ist!! Und wir die Patienten den Berg hinunter werfen! Ich nehme meine Stöcke, renne, hektisch, in Panik.

Komme endlich zu dem Felsblock, der genauso da liegt, wie ich ihn beim Aufstieg vorfand. Vom Mythos keine Spur. Jetzt kann ich ihn nicht mehr sehen. Der Rückweg ist dunkel und schwer, aus anderer Landschaft. Ich seufze. Da fallen mir meine Zeichnungen ein: Genau! Ich habe ihn doch gemalt! Das ist der Beweis! Ich krame meinen Block aus der Jackentasche - blättere ... Nichts!

Kein Strich, kein Schatten, überhaupt gar nichts ist auf den Seiten zu sehen. Aber ich habe ihn doch gemalt?? Auf vier Blättern!! Was sagte er? 'Wenn du meinst, dass das sinnvoll ist und du mich erkennen kannst'! Jetzt bin ich wirklich der Verzweiflung nahe. 'Ich muss weiter'. Das waren die letzten Worte. Dann höre ich Musik. Ich drehe den Kopf, aber ich weiß nicht, woher sie kommt. Es ist Smetana, ja, 'Die Moldau' höre ich, hier, jetzt, klar und deutlich. Wehmütig dehnt und windet sich die Geige in meinen Ohren.

Ich muss auch weiter. Das ist die Abschiedsmusik. Kein Zweifel. Er schickt mir 'Die Moldau' virtuell ins Gehör. Es ist halt eine Möglichkeit. Mehr nicht.

Es wird dunkel, und ich habe meine Taschenlampe nicht eingepackt. Unverantwortlich!

Der Weg kommt mir unendlich lang und beschwerlich vor. Ist das noch derselbe Weg? Und 'Moldau' hat zu Ende gespielt. Schade. Jetzt fühle ich mich total allein. Was weiß ich nun? Was hat's gekostet, was hat's gebracht? Wir Frauen dürfen die Männer nicht kopieren, wir werden sie niemals davon abhalten, so zu sein, wie sie nun mal sind, wir dürfen in der Medizin Mensch und Stein nicht entzweien, bestrafen mit Sexentzug nur uns selbst, sind uns als Frauen alle nicht einig, und ich sitze in der Falle, die ich mir selber gebaut habe, jedoch bei offener Türe. Und wenn der Stein oben ist, werde ich tot sein. Allein - wie das alles zu ändern ist, dazu blieb keine Gelegenheit mehr und der Mythos hat sich aus dem Staub gemacht! Ach ja.

Ich soll die eine oder andere Gelegenheit, zu bouldern, auslassen. Hm. Früher hieß das 'baggern', jetzt sagen wir bouldern. Nicht schlecht. Was noch? Der Kampf gegen Gipfel kann ein Menschenleben ausfüllen und wir müssen uns Sisyphus als einen glücklichen Menschen vorstellen. Das hat doch schon mal jemand behauptet!? Wer war es nur? Irgendein philosophischer Wortakrobat, glaube ich. Na, egal. Wenn der wüsste, dass ich diesen Mythos höchstmyself gesehen habe, in virtueller Landschaft, wir könnten zusammen die Welt verändern.

Doch - wer will das eigentlich alles wissen? Wer??
Gott, ist das dunkel! Und Hunger habe ich, das ist unglaublich! Ob das überhaupt der Weg ist? Kommt mir

alles sehr verändert vor. Oder bin ich jetzt anders? Vielleicht sehe ich jetzt tatsächlich? Nur, weil ich vermute, dass ich sehend bin, brauche ich ja nichts erkennen, und kann keine Wahrheiten schauen. Doch die Realität ... naja, der Möglichkeit nach vorhanden ... wer bestimmt, was Realität und was Wahrheit ist? Wer? Endlich stehe ich bei meiner Zimmerwirtin in der Tür, aufatmend. Geschafft!

"Grundgütiger! Wo kommen Sie denn jetzt her? Wir haben sie schon suchen lassen! Und wie schauen Sie aus? Ist was passiert?"

Ich sehe an mir herunter. Meine Jacke ist schmutzig und durchnässt, der Ärmel hat einen Riss, ich bin ein wenig müde, aber sonst?

"Mich suchen lassen? Ist das nicht ein wenig übertrieben? Die paar Stunden?"

"Stunden?? Tage! Sie waren drei Tage fort! Wo sind Sie denn hingelaufen, Jesus Barmherzigkeit?"

Ich war drei Tage fort? Deshalb habe ich solch einen Hunger! Aber wo war ich denn wirklich?

"In anderer Landschaft", sage ich. "Sie werden es mir nicht glauben."

Doch stimmt es. Der Möglichkeit nach ist es passiert.

Kleine Fluchten

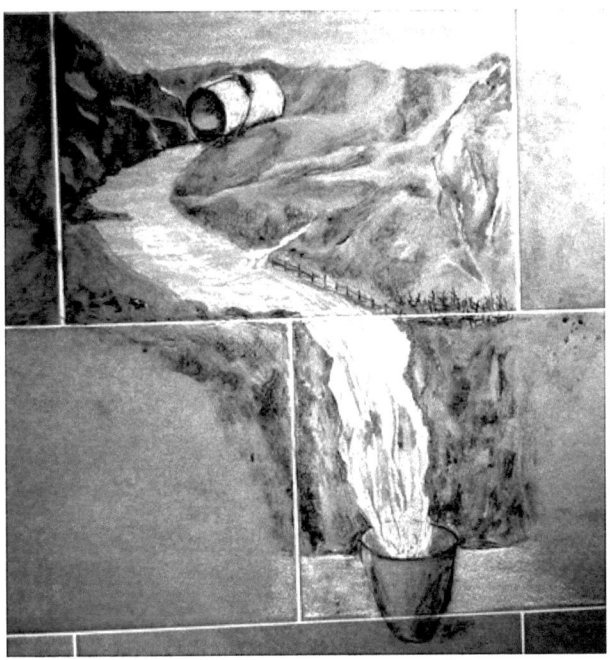

Abb. 3 Wasserkreislauf
Kohle & weiße Kreide auf grauen
Badezimmerfliesen

Verflixt! Immer dasselbe, ich habe mich verfahren!
Warum wohnt Christine eigentlich immer noch in diesem überfüllten Innenstadtviertel von Köln? Bei ihrem Gehalt als Lehrerin könnte sie sich doch wahrhaftig eine bessere Wohngegend leisten, vor allem eine, in der ich auf Anhieb einen Parkplatz finden könnte und nicht in zweiter Reihe auf dem Bürgersteig stehen müsste! Na endlich! Geschafft! Vorsichtshalber schiebe ich meine Antenne rein.

Christine zu besuchen, bedeutet ein gewisses Risiko, aber das war es mir bisher immer wert gewesen. Sie ist meine beste Freundin, eine Besondere, eine Starke, eine für Krisenzeiten. Sehe ich Christine, ist plötzlich alles nur noch halb so schlimm - meine Trennung von Markus zum Beispiel vor zwei Monaten. Seitdem trage ich schwärende Wunden mit mir herum, die Nagen und bohren und mich an mir selbst zweifeln lassen. Dagegen gibt es nur ein Mittel: Flucht zu Christine! "Ach Gott, Claudinchen!"

Christine schiebt ihre Nickelbrille wieder an Ort und Stelle, nachdem wir uns umarmt haben. Sie sieht nicht gut aus, ihre Augen wirken stumpf und abwesend, irgendwie leer und ohne ihr sattes Grün. Das Sweatshirt trägt deutliche Spuren der letzten Mahlzeit, ihr Frisör scheint schon länger verreist zu sein. "Schau nicht hin, ich bin dick geworden." Sie verschränkt trotzig die Arme vor ihren Brüsten, die wie immer von keinem Halter gebändigt werden. "Und betrunken bist du auch!"

Ich bin ein bisschen entsetzt, was ist bloß wieder los mit ihr? "Nichts ist los, es ist aus! Dieses Mal endgültig, Schluss mit lustig, für immer und ewig, keine Quälereien mehr mit diesem Verlierer, es geht mir eigentlich schon viel besser als vor einer Woche, ach ..." Sie schluchzt wild auf, und ich sehe es auch, dass es ihr v i e l besser geht.

"Du siehst aus, als hättest du dir selbst den Kopf abgeschlagen, meine Liebe! Komm", ich nehme sie in den Arm, "ich mach' uns jetzt erst was zu essen, und ich lasse dir mal ein Bad ein, dann erzählen wir uns alles, ja?"

Diese Depression muss schlimmer sein als die letzten. Sie versucht seit zwei Jahren, in schöner Regelmäßigkeit, von dem zermürbenden Beziehungskarussell mit ihrem Loser zu springen. Vielleicht ist es ja dieses Mal wirklich endgültig. "Es ist nichts zu essen da. Ich habe vergessen, einzukaufen." "Egal. Dann hole ich ein Döner vom Türken unten." "Und was zu rauchen, ich habe nichts mehr!" "Wo ist denn Andreas, schon ausgezogen?" Ich sehe mich in der Wohnung um, irgendwie scheint mir etwas verändert an der Möbelaufstellung. "Nicht direkt. Ich habe ihm die Wohnung im Parterre gemietet. Der Danker, unser Vermieter, weiß natürlich, dass Andreas seit vier Jahren arbeitslos ist, und das sichere Geld nur von mir zu holen ist. Von den 310 Euro Sozialhilfe, die er bekommt, kann er sich doch sowieso keine Wohnung leisten. Er hat ein Hartz-4 Abo!"

Ich lasse meiner verzweifelten Freundin Badewasser ein und nehme die doppelte Menge Fichtennadel. "Dieser Idiot macht sich das bequeme Leben", wettert sie, während sie sich auszieht.

"Steht so gegen Mittag auf, spielt Backgammon mit unserem ebenfalls arbeitslosen Nachbarn Holger oder spickt die Tür mit Dartpfeilen. Weißt du, wenn ich hundekaputt von diesen sozial gestörten Blagen nachhause komme, will er entweder vögeln oder sonst wie unterhalten werden, oder er macht mit dem Staubsauger rum!"

"Er will jeden Tag mit dir ins Bett?" Ich fasse es nicht, die beiden sind seit sieben Jahren zusammen!

"Na, sicher, der kann immer. Von was soll er denn auch müde werden? **Schließlich ist keine Arbeit gut genug**, von ihm geleistet zu werden, und um endlich eine Ausbildung zu machen, dafür ist Herr Fischer mit seinen 40 Jahren inzwischen zu alt! Lieber liegt er mir auf der Tasche rum!"

Sie schnaubt verächtlich, taucht im Badeschaum kurz unter.

"So neu sind die Probleme ja nun nicht, Christine! Das geht doch seit zwei Jahren so! Wie kam es jetzt zum Urknall?"

"Ich musste ihn von der Polizeiwache abholen. Die Bullen hatten ihn aufgegriffen, weil er bis zum Zäpfchen angefüllt mit Speed auf seinem Fahrrad Menschen umfuhr! Und betrunken war er auch noch! Das hat mir den endgültigen Kick gegeben! Bin ich seine Mama? Wächst mir vielleicht Gras aus dem Schuh? Ich habe nur noch hysterisch rumgebrüllt, dass ich es satthabe, wie er mir auf der Tasche liegt und ich seine Sucht finanziere, ihm die Therapeutin bin und, ach ...!" Sie schluchzt wieder auf. "So eine Scheiße, so eine elende Scheiße, wo bin ich nur gelandet!?"

Ich bin bis ins Mark erschüttert! Eine Pädagogin unterrichtet sozial gestörte Blagen und hält sich zuhause einen Süchtel. Dagegen geht es mir ja richtig gut! Ich habe mich ja n u r von einem Bindungsangsthasen getrennt, der nach und nach immer kältere Füße bekam, und mir vorwarf, ich klammerte mich an ihn und wäre ständig zu fordernd!

"Hast du Zigaretten? Ich habe mindestens eine Stunde nicht geraucht!"

Ich nicke, krame in meiner Tasche und stecke uns beiden eine Selbstgedrehte an, dann mache ich es mir auf dem Badewannenvorleger bequem. Wir rauchen schweigend, jede hängt ihren Gedanken nach.
"Was ist denn mit dir und deinem Markus passiert? Ihr wolltet doch zusammen ziehen??"

Ups. Jetzt bin ich also dran. "I c h wollte zusammen ziehen, e r hat kalte Füße bekommen! Wir würden uns nur streiten, wenn wir zu dicht aufeinander hockten, und deshalb wäre es nur vernünftig und richtig, die Beziehung jetzt zu beenden, sagte Markus. Er hat sich gewunden wie ein Aal, er war ein schrecklicher Anblick! Der Prinz wurde mit einem Mal zum Wurm!"

Mein Hals fühlt sich plötzlich ganz wund und trocken an.

"Du bist nur noch Haut und Knochen, Claudia! Sieh dich mal an! Ich wünschte, ich könnte dir ein bisschen von mir abgeben. Du kannst eigentlich froh sein, dass du diesen Vollblutchauvi los bist, da hat er schon ganz Recht mit seiner Präventivtrennung. Ist ja mal ganz was Neues. Ich konnte ihn sowieso nicht leiden, der war ein emotionaler Pflegefall, und ein sozialer dazu! Weißt, worüber wir uns auf deinem Geburtstag stritten? Über Frauenparkplätze!"

"Was? Wieso denn über Frauenparkplätze?"

"Er behauptete, diese Parkplätze seien verfassungsfeindlich, kein Mensch dürfe wegen seiner Geschlechtszugehörigkeit bei Parkplätzen bevorzugt werden! Stell' dir das mal vor! Dieser Superschlaue! Dann fragte ich ihn, ob das etwa für Behinderte auch gelte, da meinte er, nein, diese Menschen wären ja ganz offensichtlich körperlich benachteiligt, das wäre etwas völlig anderes, außerdem besäßen sie ja einen Spezialausweis! Worauf ich erwiderte, dass wir Frauen sowieso alle behindert wären, und deshalb ruhig unsere eigenen Parkplätze ansteuern dürften, damit wir vor der männlichen Intelligenz in Sicherheit sind. Da war ich unten durch bei ihm, sag' ich dir! ‚Gott, bist du unsachlich', schrie er los, „du verhinderte lila Emanze!'Tja ... so war das!"

Ich schlucke.

Das passte zu Markus. Was er alles sonst zu mir so sagte, wollte ich lieber nicht wiederholen, die Tränen saßen ohnehin schon locker. Christine erhebt sich aus der Wanne.

"Ah, das tat gut! Wie Phönix aus der Asche fühl' ich mich. Weißt du was? Claudinchen, wir blasen jetzt gar kein Trübsal mehr, wir gehen jetzt downtown, okay?"

Sie hat Recht. Immer dieses Jammern über unsere blöden Typen! Als wenn es nichts anderes mehr gäbe! Und für die „wer-ist-mein-Nächster" Frage war es noch etwas zu früh.

Die Kneipe ist gerammelt voll. Und wahrscheinlich wird es nur dieses wässrige Kölsch aus den gläsernen Blumenvasen zu trinken geben, kein Pils, und schon gar kein Hefeweizen, ist im Angebot. Ich weiß nicht, wie die Kölner mit diesem Bier leben können! Und richtig! Was hat der sympathische Wirt im grauen Feinripp-Achselhemd im Ausschank? Felskrone! Ausgerechnet! Christine holt sich Zigaretten, und ich stehe allein inmitten besonders hässlicher männlicher Ausgaben. Schweißgeruch, Zahnlücke, Halbglatze! Grundgütiger Himmel, lass' diesen Kelch an mir vorüber ...

"Na, kuck ma', ein neues Gesicht!"

Ich verziehe keine Miene.

"Nein, dieses Gesicht habe ich schon lange."

Er lacht meckernd und versprüht durch die Frontzahnlücke winzige Speichel Tröpfchen.

"Watt isse geistreich! Trinkste denn da?"

"Ein lecker Felskrönchen! Von dem, was die Sauerländer wegschütten, macht ihr euer klasse Kölsch!"

"So, so!" Jetzt legt er den Arm um mich. Kölner sind distanzlos, wusste ich es doch!

"Mann, nimm die Pfoten weg! Merkst du nicht, dass du nervst?"

Er hält mich fest, wie in einem Schraubstock fühle ich mich.

"Ach komm! Ich weiß doch, watt du willst, du kleines Kratzbürstchen! Mir einen blasen, er steht mir schon, einen ganz dicken Dödelhai habe ich ..."

So. Das reicht, jetzt und für alle Zukunft. Dem Kratzbürstchen geht die Sicherung durch. Ich knalle ihm die flache Hand von unten ans Nasenbein, was etwas nachgibt und knirschend nach rechts auswandert. Er schwankt ein wenig und lässt mich los. Endlich! Ich wollte schon immer mal das Gelernte aus dem Frauenselbstverteidigungskurs der AOK ausprobieren. Immer feste druff, hieß es da, nicht aufhören! Wenn der Kerl zur Besinnung kommt, und ihr seid noch nicht weg, dann gibt es erst richtig Lack! Also stoße ich mit den gestreckten Fingern in Richtung Augäpfel, und lege mit dem spitzen Ende der Felskroneflasche noch eins nach: vor die tumbe Stirn – wamm! Angeekelt fasziniert betrachte ich die aufgeplatzte Haut und das hervorquellende Blut.

Es macht Spaß, Männer zu verprügeln! Das hätte ich mal mit Markus versuchen sollen! Der Typ schwankt noch mehr, rudert mit den Armen, kann indes nicht umfallen, weil es hier so voll ist, rempelt seinen Kumpan an, der sich sein Kölsch Glas samt Inhalt ins Gesicht kippt. Nun gibt es eine Kettenreaktion.

Der Mann mit dem nassen Gesicht fühlt sich belästigt und haut zu. Dann schlagen alle Dumpfbacken aufeinander ein, und ich bekomme es mit der Angst zu tun, will nur noch weg, doch wo, um Himmels willen, ist Christine? Glas splittert, der Mob tobt, plötzlich gellt eine Sirene. Hilfe! Ich drängele mich zum Ausgang, meine Angst verleiht mir die nötigen Kräfte, und - endlich draußen - renne ich wie eine Furie los, natürlich in die falsche Richtung, und was kommt mir da entgegen, als ich über die Straße will? Bullen!

Ein voll besetztes Polizeiauto stoppt vor mir. Auch das noch! Jetzt geht es in den Knast, nun habe ich endgültig ausgeschissen, keine Frau verprügelt ungestraft Männer!

"Hey, hey junge Frau! Was ist denn mit Ihnen los? Wollen Sie sich das Licht ausblasen? Oder sind Sie voll mit Drogen?"

Der Polizist ist ausgestiegen und hält mich am Arm fest. Ich schüttele wild mit meinem Kopf, breche vorsichtshalber in Tränen aus, stammele von

Kneipenschlägerei und Abhauen, Freundin und Orientierung verloren ..., na - und schlussendlich glaubt er mir.

"Welche Kneipe?" Dann kann man es hören: die *Destille*, natürlich. Der Polizist seufzt. Er fordert noch eine Streife an, mich bringen sie zu Christines Wohnung, an der selbstredend niemand öffnet, wie denn auch? Da fällt mir Andreas ein. Ich klingele Sturm, endlich öffnet er, mit kaninchenroten Augen. Bekifft? Die Polizisten stehen stumm und abwartend auf dem Bürgersteig.
"Andreas! Gottseidank! Huhu, ich bin's, Claudia! Christine ist in Schwierigkeiten, sie. ..."
"Interessiert mich einen Dreck! Was machen die Bu... die Polizisten hier?"
"Bitte, Andreas, du musst uns helfen, Christine ist noch in der Kneipe, in der *Destille,* da gab es eine Schlägerei und ..."
"Ach was? Ward ihr auf der Flucht? Vor uns Scheißkerlen, die nicht so funktionieren, wie ihr euch das vorstellt?"

Er hustet laut, es klingt sehr produktiv. Endlich lässt er sich überreden, mit zur Wache zu kommen.
"Da warst du doch auch schon mal", sage ich. Das wirkt zum Glück. Dort angekommen, treffen wir auf eine übel gelaunte Christine.
"Sag mal, wieso haust du einfach ab und lässt mich in diesem Sumpf von Kannibalen zurück?"

"Na hör mal, d u wolltest doch unbedingt in diese Kneipe! Ich hatte Ärger mit einem dieser Typen, der wollte, dass ich ihm einen blase. Dem habe ich eine gezogen!"

"Das warst du?" Sie gackert los. "Weißt du, dass sie den ins Krankenhaus gebracht haben? Der blutete wie ein Schwein! Das ist Körperverletzung, hörst du?"

"Oh!"

Mir wird bang und bänger. Eine Tür öffnet sich und heraus kommt – der Wirt, der mir die Flasche Felskrone servierte.

"Das ist sie", sagt er zu dem Polizisten, der hinter ihm steht. Der starrt mich einen Moment an, und winkt mich herein. Oje! Meine Knie fühlen sich an wie Knetgummi. Ich darf vor dem Schreibtisch Platz nehmen, und der Beamte spannt einen Bogen Papier in die Schreibmaschine. Er wirkt eigentlich ganz nett mit seiner goldenen Brille, der dunklen Igelfrisur und dem Schnäuzer. Nur die Uniform stört ein wenig.

"Wie viel wiegen Sie?", fragt er und sieht mich ein bisschen skeptisch an.

"52 Kilo. Wieso?"

"Und ihre Körpergröße?" Was soll das denn??!

"Einen Meter und achtundfünfzig Zentimeter. Wollen Sie meine anderen Maße auch noch wissen?" Spinnt der?

"Nein." Er tippt eifrig, mit zehn Fingern, blind. Sehr gut macht er das.

"Name?"

"Schiffer. Claudia Schiffer. Ist reiner Zufall, ich kann nichts dafür."

Jetzt lacht er. Und entblößt herrlich weiße Zahnreihen. Wie ein Raubtier. Wer lacht, zeigt anderen die Zähne, denke ich.

"Oh, Sie könnten es aber sein. Beruf?"

"Geologin. Ich arbeite als wissenschaftliche Assistentin in Aachen an der Uni."

"Und was genau machen Sie da? Aachen ist nämlich meine Heimatstadt!"

"Ich arbeite mit meinem Professor an einer Studie über die Verschmutzung von Pflastersteinen, und mit welchem Reiniger der Dreck am besten wieder abgeht."

"Wie wäre es mit Mister Muscle?" Er grinst.

"Nein, ist meinem Prof' nicht seriös genug. Außerdem in Deutschland nicht zugelassen, zu viele giftige Inhaltsstoffe. Hören Sie, ich finde unser Gespräch ja ganz nett, aber – die Sache da in der Kneipe ... äh, das kam so ..."

"Und was treibt Sie nach Köln, um diese Zeit, in die Destille?"

Ich hole tief Luft. Jetzt fällt er mir gehörig auf die Nerven!

"Ich besuche meine Freundin. Wir diskutierten die brennenden Fragen, ob Frauenparkplätze verfassungskonform sind und ob Sexisten Kochkurse besuchen sollten!"

Meine Worte ätzen Löcher in den Fußboden. Mir ist kalt, ich bin sterbensmüde und einsam und will nachhause, und gleich heule ich wieder, meine Stimme kiekst verdächtig, ich merke es deutlich. Er reicht mir ein blütenweißes, riesiges Männertaschentuch.

"Ach du liebe Güte!" Ich schnäuze mich laut, ach, das tut gut!

"Sie brauchen nichts zu befürchten, wirklich! Sie unterschreiben diese Aussage, die wirklich lupenrein ist, und dann können Sie gehen! Wo kämen wir denn hin, wenn jeder ungewaschene Typ Sie anfassen dürfte, ohne dass Sie sich wehren. Ich heiße übrigens René, und helfe Ihnen gern, ehrlich. Die Polizei, dein Freund und Helfer! Na, wie klingt das?"

Überrascht starre ich ihn an. Ich habe eine Aussage gemacht?? ACH?

"Natürlich. Ihre Körpergröße ist Aussage genug! Sie können niemals diesen baumlangen, nudeldicken Kerl krankenhausreif geschlagen haben! Das glaubt Ihnen sowieso niemand!"

Ich lese meine ‚Aussage'. Die Prügelei entstand, weil sich zwei betrunkene Männer wegen mir in die Haare gerieten. Klingt vollkommen logisch. Ich muss lächeln und reibe mir die Nase.

"Na also. Hier, wo der Fettfleck leuchtet: Bitte unterschreiben."

Mit zittrigen Fingern nehme ich den Kugelschreiber aus seiner Hand, und ich bemerke, wie trocken und warm sich seine Finger anfühlen. Ein winziges Fünkchen springt zu mir herüber.

"Könnten wir mein Taschentuch jetzt gegen diesen Zettel tauschen?"

Seine Stimme klingt ein bisschen unsicher.

Renè Roland Dieske, Köln, 62 13 76 "ruf doch mal an". Steht auf dem Zettel.

"Ist das jetzt zu plump?", fragt er.

Ich muss plötzlich laut lachen, und mir ist überhaupt nicht mehr kalt.

"Nein, aber das ist die beste Anmache, seit es Polizisten gibt. Nimmst du eigentlich beim Küssen die Brille ab?" Er starrt mich entgeistert an.

"Nein, ich glaube nicht", flüstert er. "Solltest du aber! Ich meine, bevor ... äh, was kaputt geht!" Lieber Gott, was rede ich denn da?

"Danke. Vielen, vielen Dank! Ich – werde – äh- anrufen!"

Draußen bin ich wieder. Schmunzel. Christine und Andreas stehen eng umschlungen am Fenster und küssen sich. Aha. Ihr Karussell dreht sich wieder.

"Hallo, ihr zwei."

Christine dreht sich um und grinst.

"Wir heiraten", sagt sie. "Alles wieder in Ordnung mit uns. Und? Wie schaut's bei dir?"

"Ich war es nicht. Ich bin zu klein, sagt der Polizist. Und ich habe seine Telefonnummer."

"War ja klar. Ihr Frauleut' habt doch ewig die gleiche Masche drauf", knurrt ihr Andreas. Ich hole tief Luft und pumpe mich ein wenig auf.

"Weißt du was? Du bist auch viel zu bescheuert, um das zu verstehen! Ich begreife nicht, weshalb Christine dich noch immer aushält. Wahrscheinlich ist sie dir hörig oder glaubt an "Aktion Sorgenkind"! Liebe kann das nicht sein! Macht weiter, ihr zwei, von mir aus so lange, bis der Arzt kommt!"

Ich drehe mich um und renne zum Ausgang. Andreas schreit irgendwas und Christine ruft meinen Namen, ich kümmere mich nicht darum. Draußen wird es langsam hell, und ich wittere Morgenluft. Wird auch Zeit.

Das Abwasser läuft in die Wand - der Versuch einer Rettung.

Abb. 4 Holzskulptur
Kohle auf weißem Papier.

Nackt liegst Du hier, auf der Endstation. Hängst an Schläuchen, nicht am Leben, dein Ende naht, was macht das schon?

Wer sterben will, darf nicht an der Hoffnung kleben!

Doch was wir hier tun, grinst dich an, ist nackter Hohn, High-Tech-Medizin, hilflos steh' ich daneben, deck' zum Abschied traurig deine Reste zu, weiß ich, auch Verlierer finden im Tod endlich Ruh'.

Samstagnachmittag.

Es herrscht Ruhe auf der Intensivstation des kleinen Krankenhauses mitten in einer Stadt im Sauerland. Zumindest im Moment noch. Die Krankenschwester, die in der kleinen Teeküche vor ihrem Kaffee sitzt, überlegt noch, wie dieser Nachmittag in der Vorweihnachtszeit möglichst gemütlich zu verbringen ist. Sie entschließt sich, ein Stück Christstollen zu versuchen, bevor er schlecht wird, und ein wenig in der Zeitung zu blättern. Ihre Kolleginnen sind noch bei Patienten beschäftigt. Sie sind zu dritt in der Schicht an diesem Nachmittag. Eine Krankenpflegeschülerin im zweiten Ausbildungsjahr, die häufig noch mit großen Augen umher sieht. Glaubte sie doch, dass Intensivpflege immer dramatisch und mit allem Einsatz der verfügbaren Kräfte verläuft. Nun sieht sie, dass es eigentlich ein High-Tech-Altenheim darstellt und fast alle Patienten über 80 Jahre alt sind und leiden fast alle an ihren alten Herzen. Und es wird nur alles Erdenkliche getan, um dieses Herz wieder belastungsfähig zu therapieren, das heißt, so lange jedes Körperwasser zu entziehen, welches den alten Motor belastet. Sie bekommen wenig zu trinken, so wenig, dass sie träumen, in einer Wüste zu sein und ihr Lidschlag fast ausfällt. Allerdings - der Tod wird hier nicht gern gesehen, und, solange es geht, wieder weggeschickt.

Die andere Krankenschwester ist so erfahren wie ihre Kollegin in der Küche. Sie hat in Berlin schon echte Fixer und AIDS-Patienten gepflegt. Jetzt ist sie hier, weil auch ihr Freund hier ist. Lieber wäre sie in Berlin. Die Schwester in der Küche wäre gerne Ärztin geworden. Aber da sie kein Abitur hat, kann sie natürlich nicht Medizin studieren. Doch von ihrer langen Erfahrung profitieren gerade die jungen Weißkittel des Öfteren. Sie mussten im Studium so viele überflüssige Dinge im Multiple- Choice- Rate-Verfahren lernen, dass sie schon mal das Wesentliche übersehen und für ein paar Tipps zur Diagnose und Therapie von einer routinierten Schwester dankbar sind.

Jetzt scheint sich den Geräuschen vom Flur her Arbeit anzubahnen. Seufzend nimmt die Routinierte im blauen Einheitsdress die Füße vom Stuhl, faltet die Zeitung zusammen, erhebt sich resigniert und sieht vorsichtig um die Ecke. Es sieht nicht gut aus. Nein, eigentlich macht es einen höchst seltsamen Eindruck.

Eine Gruppe Weißgekleideter schiebt eine Trage mit einem Patienten vor sich her, der alarmierende Geräusche von sich gibt, sie klingen wie: "Luft, bitte alle Luft zu mir!" Die diensthabende Ärztin der Inneren und Geriatrie schiebt am Kopfende, ein Rettungsassistent zieht am Fußende, und dazwischen läuft ein Mann in ziviler Kleidung, der Fachchinesisch murmelt. Das könnte der Hausarzt sein. Ist er auch.

AHA! Nun stehen sie alle ratlos und mit fragenden Blicken vor der Schwester, der der Mund vor Staunen und Entsetzen offen steht. Es ist nicht nur wegen des Patienten, der außer den schrecklich stöhnenden Geräuschen auch noch einen penetranten Geruch verbreitet und in seinem Blute schwimmt. Es ist auch, weil kein Anruf von der Pforte die Notfallaufnahme angekündigt hat. Das ist ziemlich oft der Fall, dennoch - man rechnet nicht damit. Echte Notfälle kündigt man nicht an, sie verlangen Improvisation und Intuition des Personals! "Was ist denn das?", fragt die Schwester, Panik in den blauen Augen.

"Selbstmord mit Messerstichen und Pflanzenschutzmittel", sagt die Ärztin, sonst sehr redegewandt, die aber in Notfällen gerade mal das Notwendigste hervorbringt.

"Anne!!" Die entsetzte Schwester ruft ihre Kolleginnen um Hilfe, die gemeinsam mit den Sanitätern den Patienten in ein Bett legen, möglichst ohne es zu verschmutzen, was leider nicht gelingt. Ein weißes Bett ist die Visitenkarte jeder Krankenschwester, auch von den Pflegern, die Kanten sind rechtwinklig und halten jeden Vergleich mittels Geodreieck stand. Mit vereinten Kräften wird nun versucht, die stinkende Kleidung des Patienten zu entfernen. Sie wird sofort luftdicht eingetütet. Es verbreitet sich ein infernalischer Gestank aus Kot, Urin und Blut mit Pflanzenschutzmittel.

Angesichts des nahenden Todes hat der Körper dieses Unglücklichen alle Schleusen geöffnet, um das Gift wieder loszuwerden. Von der DGHS, der Deutschen Gesellschaft für humanes Sterben, wurde zu Herrn Atrotts Zeiten den Selbstmordkandidaten empfohlen, Zyankali erst nach dem Entleeren von Darm und Blase zu schlucken, um die Entsorger der sterblichen Hülle nicht mit vollen Hosen zu empfangen. Die DGHS gibt es nun in dieser Version nicht mehr und Herr Atrott musste ins Gefängnis. Mit dem Zyankali hatte er zu viel Geld verdient und keiner an seine humane Weltsicht mehr glauben wollen. Gleich wie - dieser Patient hatte das nicht gelesen. Die Schwestern fangen mit der Säuberung an, die Ärzte unterhalten sich über die mögliche Motivation dieses Suizidversuchs.

"Ich hatte ihm ein Antidepressivum verschrieben, aber dass er wirklich aufs Ganze gehen könnte, das habe ich nicht für möglich gehalten", sagt der Hausarzt. "In die Psychiatrie wollte er nicht, und die Angehörigen lehnten das auch ab. Die wollten ihn nicht in die

Ballerburg stecken." Nun - jetzt führt kein Weg an der Erkenntnis vorbei, dass dieser Mensch sehr krank sein muss, denn wer schluckt E 605 und rammt sich danach noch ein Messer zweimal in den Bauch?

Der Routinierten wird es allmählich zu bunt. Stehen diese Akademiker immer noch herum und führen eine Diskussion über Motiv, Familie und was sonst noch! Wenn jetzt nicht etwas passiert, können sie gleich den Totenschein ausstellen!

"Wie wäre es denn mit einem Zugang in eine Vene? Ich meine, falls uns der Blutdruck abschmiert?!"

Sie streift angeekelt die Handschuhe ab, und zieht gleich neue über, nebst Kittel und Mundschutz. Vergiftete mit E 605 gefährden ihre Retter gleichfalls, weil es ein Kontaktgift ist und über Haut und Schleimhäute aufgenommen wird. Der Vorschlag wird sofort aufgenommen und bringt die Unterhaltung der beiden Ärzte zum Erliegen. Gleichzeitig verabschiedet sich der Hausarzt, schließlich sind hier die Profis zuständig.

Einen Zugang in eine Vene oder Arterie zu legen, ist fast die wichtigste Handlung auf einer Intensivstation. Sie kommt gleich nach der Intubation, dem Legen eines Schlauches in die Luftröhre zum Freihalten der Atemwege und Möglichkeit der künstlichen Beatmung. Diese wird allerdings nur von den Anästhesisten, die auch richtige Ärzte sind, wirklich traumhaft sicher beherrscht. Dieser Patient hat schon diesen Schlauch in der Luftröhre, der Hausarzt hat ihn gelegt, was wirklich sehr selten vorkommt. Doch - über so ein Rohr atmen zu müssen, kommt einem Schnorchel Taucher gleich. Jeder, der einmal getaucht ist, weiß, wie anstrengend das ist. Endlich! Der Zugang liegt und funktioniert sogar auf Anhieb. Alle atmen erst mal auf. Was macht der Patient?

Ob er sich was denkt, ob er überhaupt etwas mit bekommt, ist nicht zu erraten. Er ist nicht ansprechbar und eigentlich sehr mit Atmen beschäftigt, was ihm große Mühe zu bereiten scheint. Wahrscheinlich aber ist, dass er sich nicht unbedingt freut, dass er nun gerettet werden soll.   Die Routinierte quengelt weiter. "Der Chirurg muss kommen!" Das hört nun die Ärztin der Inneren gar nicht gerne. Chirurgen und Internisten mögen einander nicht, jeder denkt vom anderen, er sei eigentlich überflüssig.
"Wieso? Die Stiche sind nicht tief, das ist alles nur oberflächlich!"

Die Schwester fragt sich, woher die Ärztin das weiß. Hat sie Röntgenaugen?
"Trotzdem muss er kommen. Es kann in den Bauch bluten und der Blutdruck ist noch immer nicht stabil!" Eigensinnig beharrt sie auf ihrer Forderung. Sie ist daran gewöhnt, Ärzte überreden zu müssen.

Die andere Schwester, die schon AIDS-Kranke gepflegt hat und eher die Stille ist, läuft zum Telefon, um die Diskussion abzukürzen. Und - da sie schon mal telefoniert - ruft sie auch gleich den Anästhesisten, den Fachmann für Luftröhrenschläuche.

Dieser hält gerade einen verlängerten Mittagsschlaf, weil er die letzte Nacht ständig in den Kreißsaal zu Geburten gerufen wurde. Es dauert etwas, bis er verstanden hat, um was es geht und reagiert ein wenig brummig. Doch er will sofort kommen.

Den Narkosearzt hat es in der Ärztehierarchie am schlechtesten getroffen. Zum einen, weil die Anästhesie im Vergleich zur Chirurgie noch ein junges Fachgebiet ist, zum anderen, weil sie so abhängig von den Chirurgen sind. Und der Chirurg ist einfach unersetzlich, und wozu brauchte man Narkoseärzte, wenn es keine Chirurgen gäbe, die operieren?

Vielleicht noch in der Geburtshilfe, aber alternative Hebammen lehnen Schmerzbekämpfung unter der natürlichen Geburt ab, außerdem gibt es Gynäkologen, die die Peridural-Anästhesie, die rückenmarksnahe Schmerzbekämpfung, ebenfalls beherrschen. Aber auf einer Intensivstation sind sie nicht zu entbehren. Nicht ausschließlich wegen ihres Geschicks beim Intubieren, sondern weil sie sich als einzige Fachdisziplin mit den komplizierten Geräten zur Beatmung auskennen. Das sind die Geräte, die in schwierigen Einstellungen an vielen Knöpfen die Patienten an der eigenen Atmung hindern. Nun sind drei Ärzte anwesend.

Sie stecken ihre Köpfe in ihrer Ratlosigkeit zusammen und bringen die Schwester erneut zur Verzweiflung.

Denn nun wird diskutiert, wessen Patient es eigentlich ist. Schließlich hat er Gift genommen, damit gehört der den Internisten, die sich darauf verstehen, dieses Gift wieder aus ihm heraus zu bekommen.

Aber - er hat zwei Messerstiche in der Magengegend, zwei Spardosenschlitze im linken oberen Quadranten, und somit gehört er den Chirurgen. Der Schlauch in der Luftröhre, nun, für diesen ist der Anästhesist zuständig, der sich nun auch der Atmung zuwendet und die Lunge des Patienten abhört.

"Wie wäre es mit einem Ultraschall, um zu sehen, ob freie Flüssigkeit im Bauch ist?"

Jetzt wendet sich die Quengelschwester aufmunternd an den Chirurgen. Der hält das für eine gute Idee und will sein eigenes Gerät holen, denn mit dem anderen kennt er sich nicht aus. Immerhin - er geht selbst. Sehr gut. Die Stille nimmt Blut ab.

"Für die Blutgruppe", sagt sie. Der Narkosearzt hat den Blutdruck mit einer Infusion beschwichtigt.

"Ich denke, ich rufe mal meinen 'Hintergrund' an", sagt die Ärztin.

Der 'Hintergrund' ist der wichtigste Mensch. Aber im Hintergrund. Er ist selten da, hat aber ungeheure Macht, sein Einfluss ist ständig zu spüren. Am deutlichsten wird die Situation, wenn der 'Vordergrund', der Assistent, abends, wenn der Hintergrund nicht noch Golf spielen muss, oder spätestens am nächsten Morgen, bei der Visite erklären darf, warum er dieses tat oder jenes ließ.

Häufig hat der 'Hintergrund' dann eine ganz andere Meinung, und die ist fast immer richtig. Während die Ärztin noch die Konsequenzen ihrer zukünftigen beruflichen Karriere überdenkt, wenn sie ihren 'Hintergrund' jetzt beim Golfen stört, kommt der chirurgische Assistent mit wehendem Kittel und dem fahrbaren Ultraschallgerät zurück und verkündet optimistisch, dass er seinen 'Hintergrund' bereits angerufen habe, weil er selbst erst seit zwei Monaten in der Chirurgie sei, und die Angelegenheit ihm viel zu haarig erscheint.

Der Oberarzt sei schon unterwegs. Doch mit dem Ultraschallgerät kann er umgehen, und er findet keinen Anhalt für freie Flüssigkeit in der Bauchhöhle, was zunächst ein gutes Zeichen ist. Alle atmen zum zweiten Mal an diesem Nachmittag auf. Der Blutdruck ist immer noch stabil, das hat der Anästhesist geschafft, der nun zum ersten Mal versucht, mit dem Patienten Kontakt aufzunehmen. Aber dieser gibt nicht zu erkennen, ob er überhaupt etwas versteht. Er liegt schlaff und bewegungslos, und seine Atmung unterstützt nun eine Maschine.

"Haben Sie Schmerzen?" Keine Reaktion. Er bekommt dennoch ein Schmerzmittel. Messerstiche tun bestimmt weh. Die Ärztin untersucht mit einem ungefährlichen Hämmerchen die Reflexe an den Beinen. "Mein

„Gott, was ist das bloß?", fragt sie, und deutet auf die zahlreichen roten Flecke, mit denen der Patient übersät ist. "Schuppenflechte", sagt die Quengelschwester. "Sieht ja schlimm aus, richtig furchtbar." Etwas angeekelt wendet sich die Ärztin ab. Fast könnte man glauben, allein wegen der Schuppenflechte lohne es sich, Gift zu schlucken.

Der chirurgische Oberarzt kommt herein. Das ist der Moment, wenn der 'Hintergrund' in den Vordergrund tritt. Alle kennen ihn als einen Mann der schnellen Entscheidung und Tat. Auch sein Kittel weht hinter ihm her, immer der Pflicht auf dem Fuße folgend. "Was ist denn los, Kinders?" Seine souveräne Stimme mit dem kölschen Dialekt verbreitet Optimismus, seine Art, jeden zu duzen, schafft Vertrauen und Zugehörigkeitsgefühl. Einem Kölner nimmt die Duzerei auch keiner übel, aber den ausländischen Patienten schon. Die sollen doch gefälligst lernen, dass ein Deutscher gesiezt werden will.

"Suizidversuch mit E 605 und zwei Messerstichen", berichtet kurz und knapp die Ärztin der Inneren. Der Oberarzt ist kein Mann für lange Reden, wenn andere sie halten.

"Konnte sich das Arschloch nicht für eine Methode entscheiden?"
Das klingt wahrhaftig erzürnt. Er liebt es, drastische Worte zu verwenden. Das verschafft den nötigen Respekt und man wird immer verstanden.

"Also, das war dem an sich ernst mit dem Sterben, oder wie? Jetzt sag' mir mal einer, was ist denn jetzt wichtiger? Ist er vital schlecht drauf? Sollen wir erst mal dem Bauch ne' Wundversorgung zukommen lassen oder wie schlimm ist dieses Gift, was der gesoffen hat?"

Das sind jetzt zu viele Fragen auf einmal. Und der Oberarzt ist nicht der Geduldigste, wie fast alle Genossen dieses Handwerks. Hämischerweise wird er auch der 'Reziproke' genannt. Seine Geistesgröße und sein handwerkliches Können sind umgekehrt proportional zu seiner Körpergröße von 1,75 Meter. Aber die dies behaupten, sind sicher nur neidisch. "Ich kann ihm den Magen nicht so ohne Weiteres spülen, weil er perforiert sein könnte", sagt die Ärztin der Inneren.

"Also gut, dann auf den Tisch des Hauses mit ihm. Kann ich mal eine sterile Schere haben?", fragt der Reziproke.

Die Schwester, die noch nicht so viel gesagt hat, reicht ihm eine, die er sogleich in einen der Schlitze im linken oberen Quadranten versenkt. Und zwar bis zum Griff, was alle geräuschvoll einatmen lässt. Das scheint dem Patienten nicht weh zu tun, denn er verzieht keine Miene.

Die Ärztin sieht sehr erstaunt aus. Ist der Stich doch tiefer, als sie glaubte. Internisten wissen eben viel, auch von den Dingen, von denen sie keine Ahnung haben. "Das ist ganz schön tief", sagt der Chirurg. "Und was hat der überall für Flecken? Ist das von dem Gift?"

"Schuppenflechte", sagt die Ärztin. Es klingt überzeugend. Internisten lernen schnell.

"Ist ja ekelhaft, wie das aussieht, mein Gott noch mal!"

Die Schwestern sind erleichtert, als der Patient in den Operationssaal geschoben wird. Sie können erst mal aufräumen und eine Zigarette rauchen. Der Anästhesist hat seinen 'Hintergrund' auch schon informiert, weil der Chirurg eine kompetente Narkose erwartet. Da ist der Assistent ganz blass geworden und hat erschrocken nachgefragt.

"Ja sicher brauche ich eine Narkose, oder soll ich ihm den Bauch so aufschneiden? Die Zeiten sind ja gottseidank vorbei!"

Sprach's und eilte davon, die zarten Chirurgenhände waschen. Er, der Reziproke.

Die Schwestern sitzen in der Teeküche und rauchen eine Stresszigarette. "Sind da eigentlich auch Angehörige mit gekommen?", fragt die Quengelschwester. "Vielleicht wollen die mal was wissen?" Die Ärztin der Inneren seufzt auf, erhebt sich und geht zum Besucherzimmer der Intensivstation. Jenes Zimmer, in welchem genauso oft gelitten wird wie in den Patientenzimmern, nur anders, schlimmer. Zur Hilflosigkeit verdammt. Dort sitzen in gespannter Erwartung die Ehefrau und die beiden Töchter des Patienten. Als sich die Tür öffnet, springen alle drei gleichzeitig auf. Keiner sagt zunächst etwas.

"Sind Sie die Ehefrau?" Nicken. Heftiges.

"Ihr Mann ist jetzt im Operationssaal. Die Chirurgen müssen seine Bauchwunden versorgen. Der Kreislauf ist derzeit stabil, aber was das Gift angeht, was er getrunken hat, haben wir noch nichts unternehmen können. Erzählen Sie mir doch mal, wie sich das alles abgespielt hat, ja?" "Ich kam vom Einkaufen heim." Die Frau klingt sehr gefasst, als ob sie gar nicht innerlich beteiligt wäre. "Und dummerweise hatte ich meinen Schlüssel vergessen, deshalb musste ich schellen, und es dauerte sehr lange, bis mein Mann die Tür öffnete." "Moment. Wollen Sie sagen, er hat Ihnen in seinem Zustand auch noch die Tür auf gemacht??"

Die Ärztin haucht die Frage hin, zu mehr reicht es nicht mehr. Das klingt ja nach Hitchcock-Film! "Ja, sage ich doch! Ich hatte keinen Schlüssel. Also hat mir mein Mann die Tür geöffnet." "Natürlich."

Die Ärztin fragt sich, ob diese Frau einfach nur dumm ist oder sich dumm stellt, angesichts dieser Tragik, die sich Albtraum artig vor dieser Familie aufgetan hat. Die eine Tochter, wahrscheinlich um die vierzig Jahre alt wird sie sein, hat sich zum Fenster abgewendet, ihr Gesicht in den Händen, die Schultern beben.

"Und dann fand ich im Schlafzimmer den Abschiedsbrief. Sie glauben ja nicht, wie das da ausgesehen hat! Alles voll Blut und Kotze! Und ich muss das jetzt wegmachen! Das wird eine Menge Arbeit, wirklich. Hier, lesen Sie ...!"

Die Ärztin nimmt mit spitzen Fingern den Zettel entgegen, einen Abgerissenen aus einem Schulheft, holt vorsichtshalber tief Luft.

"Das Abwasser läuft in die Wand. Ich kann nicht mehr. Herbert."

"Welches Abwasser?"

"Tja.", verlegen lächelt die Frau. "Das weiß ich auch nicht so genau. Um die Reparaturen hat sich immer mein Mann gekümmert, aber in letzter Zeit saß er fast den ganzen Tag im Sessel, hat in die Wand gestiert und dort Geräusche gehört, die sonst keiner bemerkt hat. Unser Hausarzt hat ihm Tabletten verschrieben, dann machte er eigentlich immer, was ich sagte, aber besser ist es eigentlich nicht geworden. Er kommt doch wieder in Ordnung, nicht wahr? ...Frau Doktor? ...Sie werden ihm doch helfen können?"

Diese Frage stellt sie lächelnd, nichts von dem Drama scheint an sie heranzukommen.

"Wie alt ist Ihr Mann?"

"63. Warum?"

"Nun, wir können jetzt noch gar nichts sagen. Ihr Mann wollte mit Sicherheit sterben, sonst hätte er nicht zu diesen Mitteln gegriffen! Aber dann öffnet er Ihnen auch noch die Tür, so, als wollte er entdeckt werden und Hilfe bekommen. Das, denke ich, ist ein einziger Hilfeschrei! Es kann durchaus sein, dass die Vergiftung mit E 605 ihn das Leben kostet und wir ihm nicht helfen können. Und wenn er überlebt, muss er in die Psychiatrie. Er muss unbedingt in richtige Therapie!"

"In die Psychiatrie? Nein! Niemals! Da gehen nur die Bekloppten und Gemeingefährlichen rein, aber nicht mein Herbert, das lasse ich niemals ...."

"Mutter!" Die Tochter schreit plötzlich. Sie fasst die Frau mit beiden Händen an ihren Schultern, schüttelt sie.

"Halte endlich die Schnauze, das ist ja nicht zu ertragen!!"

"Regeln Sie das erst mal unter sich!" Die Ärztin flüchtet. Die Tochter hat Recht. Der Dummstellreflex dieser Ehefrau ist nicht auszuhalten. Nur Abstand von diesen Verrückten! Hat der Patient sich deshalb das Messer in den Bauch gerammt, nur um die Wand, die randvoll ist, endlich aufzubrechen?

Das Abwasser läuft in die Wand. Vielleicht kann man sie ja noch trocken legen, die Wand. In der Psychiatrie. Die das Wasser dann auf die Giftigkeit für die Umwelt untersucht. "Wie war's?", fragt die Quengelschwester, als die Ärztin in der Küche auftaucht und nach den Zigaretten fingert.

"Abwasser, nichts als Abwasser. Ich glaube, wir haben wirklich den schönsten Beruf, den wir uns wünschen können!"

Dann lacht sie plötzlich. Sie lacht, bis ihr die Tränen in die Augen treten. Als sie drei Augenpaare zweifelnd anstarren, bricht sie ab.

"Sie-scheint-dringend-mal-frei-haben-zu-müssen" sagen
diese Blicke.

"Tatsächlich? Da habe ich noch nie drüber
nachgedacht", sagt die Quengelschwester.

"Du?", fragt sie ihre stille Kollegin.

"Hm."

Sie zieht an ihrer Zigarette.

"Es ist immer wieder spannend, dabei zu sein. Aber
einen tieferen Sinn ... nein, den sehe ich da nicht."

Die Ärztin lacht wieder.

"Gibt es heute gar keinen Kuchen? Nur diesen ollen
Christstollen?!", fragt sie.

Zum Zwecke des schnelleren Vorwärtskommen – eine Strafzettel Krad Katastrophe

Vorsatz oder die erhabene Darstellung des Offensichtlichen? Auf der berühmten B1 ist es schon morgens um 5 Uhr belebt, zwar noch schnell fließend und ohne Stau, aber eben viele Autos in den zahlreichen Baustellen. Und wenn frau mit der Maschine unterwegs ist, wäre es da nicht verrückt, möglichst schnell die Staus zu überwinden, dank unserer schmalen Ausfertigung und Fortbewegung auf 2 Rädern??

Zum Zwecke des schnelleren Vorwärtskommens gibt es Seitenstreifen oder die Möglichkeit, zwischen zwei Spuren eine Mittelspur aufzumachen, oder links an drei Spuren vorbei zu rollen - auf das Verständnis der anderen vierrädrigen Teilnehmer/innen hoffend. Das geht meistens gut, sehr selten nicht, wenn frau von den Grünen erwischt wird. Als ich kurzfristig in Essen-Rüttenscheid arbeitete, und jeden Mittag den Zubringer von der Düsseldorfer Autobahn, die A52, benutzen musste, um auf die Berühmte zu kommen, war tagtäglicher Stau im einspurigen Verkehr die Regel.

Um diesen Engpass möglichst schon früh beginnen zu lassen, hatten Straßenplaner die Idee, die gesamte linke Fahrspur des Zubringers - mittels durch-gezogener weißer Linie - zum Seitenstreifen zu erklären und das Nadelöhr künstlich zu verengen. Ein Seitenstreifen also, der mit einer Breite von mindestens 4 Metern zu schade zum Nichtnutzen ist, oder?

Müde von der Arbeit, in heißer Sonne, setzte ich also nach dem Einfädeln sofort zum Überholen auf besagtem Seitenstreifen an, holte ausreichend und mit Schadenfreude den Autofahrern gegenüber richtig Schwung, um ordentlich Meter vor der B1 zu machen, da ....!!!!

...sah ich unter einer Brücke die Grünen auf der anderen Seite der Autobahn, dort, wo sie eigentlich endet. Ich bremste schleunigst ab, was eigentlich auch nichts mehr änderte, außer vielleicht mildernde Umstände, dachte, ach du scheiße, und sah, wie die auf dem Teller wendeten und durch den offenen Mittelstreifen der Leitplanken mit quietschenden Reifen und eingeschalteter Warnblinkanlage preschten. Eine dumpfe Ahnung sagte mir, dass sie wegen mir das Theater veranstalten. Der beamtete Fahrer stieg schleunigst aus und deutete mir herrisch mit ausgestrecktem Arm (aber zack, zack!) und autoritärem Zeigefinger an den linken Seitenrand zu fahren und zu stoppen. Und wie teuer wird das jetzt, rechnete ich, auf dem linken Seitenstreifen zu fahren, eine Kolonne überholend? An Abhauen dachte ich nicht eine Sekunde. Das Unvermeidliche mit Würde tragend, stellte ich die Maschine ab, nahm den Helm herunter und schüttelte mein Haar für die beiden. Weil keiner was sagte und die

Stille peinlich zu werden drohte, lachte ich vorsichtshalber und sprach ein: "Tach! Jetzt habe ich aber Pech gehabt, was?", in die erstaunten Gesichter.

Sie sahen beide noch sehr jung aus, trugen keine Mützen und einer ging um meine Karre herum und betrachtete sorgfältig mein Nummernschild.

„Darf ich bitte Ihre Fahrerlaubnis und Ihre Zulassung sehen?" Oh, Mist, den Kfz-Schein habe ich noch nicht ändern lassen!!! Er studiert alles sorgfältig, während ich unter meiner textilen Allwetterjacke schwitze. Ich öffnete den Reißverschluss und hoffte, das wurde jetzt nicht falsch verstanden.

„Stimmt die Adresse noch?" Uff, da war sie, die Killerfrage.

„Nein, die Straße hat sich geändert, ich bin – äh, vor Kurzem umgezogen!"

"Dann brauchen Sie aber ein neues Nummernschild!" Sein Ton klang nun ungehalten.

"Wie bitte? Ich bin derselben Stadt ein paar Straßen weiter umgezogen, da brauche ich ein neues Nummernschild?? Wie das?"

"H .... gehört nicht zum EN- Kreis", stellte er im Brustton der Überzeugung fest. Allmählich werde ich auch unsicher.

"Aber die auf dem Straßenverkehrsamt haben mir dieses Nummernschild gegeben!" Er schüttelte seufzend den Kopf.

"Wann sind Sie denn umgezogen?"

"Vor vier Wochen, am 18. August!"

"Wir müssen das nachprüfen. Wissen Sie überhaupt, warum wir Sie angehalten haben?"

"Na, klar weiß ich das. Ich habe den Stau überholt, und Sie haben mich gesehen."

"Warum machen Sie denn so etwas, wenn Sie wissen, dass es verboten ist?"

"Weil es schneller geht. Und ich wusste ja nicht, dass Sie hier stehen. Jeder Meter vor dem Stau ist ein gewonnener Meter auf der B1!"

"Aber es fließt doch noch, es steht doch keiner! Was soll das also?"

"Es geht eben noch schneller, wenn ich auf diesem extra breiten Streifen vorbeiziehe. Ich meine, nun, Sie haben mich erwischt, habe ich heute Pech gehabt, was soll's? Wir können das natürlich diskutieren, aber ich komme von der Frühschicht, bin müde, will nachhause, und habe noch keinen Mopedfahrer gesehen, der sich hier hinten anstellt. Sagen Sie mir einfach, was es kostet." Er sah ein bisschen ungeduldig aus und schüttelte den Kopf.

"Nee, nee, Frau Stoner. Jetzt prüfen wir erst mal nach, ob die Adresse stimmt. Das kann aber was dauern."

"Nur zu. Es ist ja schönes Wetter." Die beiden verschwanden im Wagen. Dem anderen Grünen tat ich, glaube ich, ganz schön Leid. Ich zog mir also die Jacke aus und legte sie über die Sitzbank.   Der Stau defilierte an mir vorbei, hämisches Grinsen, herunter gekurbelte

Seitenscheiben, und hier und da ein Stinkefinger huldigten mir Aufmerksamkeit. Ich blieb freundlich, winkte und knipste dem LKW-Fahrer drei Meter über mir ein Auge. Plötzlich bekam ich von einem ADAC-Auto Gesellschaft. Er winkte mich heran und kurbelte die Seitenscheibe herunter.

"Probleme mit der Technik oder mit den Ordnungshütern, schöne Frau?"

Ich lachte dankbar ob so viel Freundlichkeit.

"Gottseidank nur mit den Ordnungshütern, bin wohl gleich wieder weg!"

"Na, ein Glück! Was haben Sie denn ausgefressen?"

"Auf dem Seitenstreifen überholt, weil es schneller ging."

"Wenn Sie schlau sind", brummte er. "Bis dann und viel Glück!" Inzwischen kam der blonde Beamte mit meinen Papieren zurück.

"Die Angaben sind alle richtig." Ich nickte.

"Ich weiß das wohl."

"Wir müssen das nachprüfen. Das kostet eigentlich nochmals 20,--DM. Nun, Frau Stoner, machen Sie das nicht noch mal. Wir stehen hier öfter. Also, Sie müssen das verstehen." "Natürlich, ist doch Ihr Job, und das lohnt sich doch wahrscheinlich auch an dieser Stelle."

"Nein, wir haben wegen etwas ganz anderem hier gestanden, nicht wegen Motorradfahrern. Wissen Sie eigentlich, dass, wenn ein anderer Ihnen das nachmacht und einen Unfall verursacht, Sie daran schuld sind?"

"Nein", reagierte ich verblüfft. "Das wusste ich nicht. Wieso bin ich schuld, wenn ein anderer einen Unfall baut? Ich dachte, jeder Fahrer im Straßenverkehr ist selbst verantwortlich für das, was er tut?"

"Na, weil Sie dadurch anstiften!"

Ach so. Weil ich so müde war, nickte ich das ab. Wenn er der Ansicht war, dass ich Anstifterin bin für Auffahrunfälle ... na, bitte. Was kostete es denn nun?

"So, und nun fahren Sie. Und denken Sie daran, hier – stehen wir öfter!"

"Ja", sagte ich folgsam. "Hier – mache ich das nicht mehr!"

Er sah nachdenklich auf die Autokolonne.

"Schaffen Sie das denn, sich jetzt in den fließenden Verkehr einzufädeln?" Ich grinste ihn an.

"Ich denke schon. Oder würden Sie vielleicht mit Blaulicht vor mir herfahren?"

Er grinste zurück. Er sah aus, als wollte er mich lieber zum Essen einladen oder über Motorräder quatschen. Die schwarz-pinke Gimbel Vollverkleidung an der CB schien zu faszinieren.

"Nein, das wäre wirklich zu viel des Guten."

Sprach's und drehte sich um. Sein Kollege saß bereits im Wagen. Sie wendeten und fuhren wieder auf ihren Wachtposten auf der anderen Autobahnseite. Auf der Rückfahrt gluckste ich die ganze Zeit in meinen Helm. Das würde ja billig. Die haben mich einfach ziehen lassen, dachte ich.

Nach vier Wochen kam per Post die böse Überraschung.

"Sie benutzten zum Zwecke des schnelleren Vorwärtskommens mit Ihrem Krad den Seitenstreifen." Ich mache es trotzdem, zum Zwecke des schnelleren Vorwärtskommens, aber ich passe jetzt mehr auf, ob ich die Grünen sehe. Denn jeder schneller Meter auf der B1 ist ein gewonnener Meter, auch wenn schneller nicht unbedingt billiger sein muss.

Küchentaufe

Dieser Tag auf der Arbeit hatte böse angefangen. Schon frühen Morgen hatte nichts geklappt, der Auftraggeber hatte noch kein Geld überwiesen, meine Sekretärin war mit Migräne krank und hielt sich zuhause im Dunkeln auf, ein Auftraggeber war hoch unzufrieden mit den Entwürfen. Ich arbeite als Architekt. Manchmal wird ein Tag, der schlecht begann, im Laufe der Stunden erträglich. Manchmal rettet ein gutes Essen oder Sex den Tag, aber an diesem Tag wurde es stetig schlimmer.

Der Abend aber versprach alles in den Schatten zu stellen. Lore, meine Holde, wollte unsere neue Küche mit einer Grillfete für unsere Freunde einweihen. Eigentlich eine gute Idee, ich mag sympathische Menschen um mich. Nur war mir heute nicht mehr nach anderen Menschen zumute, eigentlich war ich mir schon selbst zu viel. Das Einzige, was mich tröstete, war das Fass Altbier im Kofferraum, für die Fete heute Abend als Überraschung geplant.

Ich kam ziemlich spät nachhause. Lore sagte nichts dazu, küsste mich und nahm mir die Aktentasche ab. „So schlimm?" „Nun ja, ich lebe noch. Er hat mir die Pläne um die Ohren gehauen und die Entwürfe ‚einstürzende Neubauten' genannt. Aber sonst war alles gut. Ach ja, ich muss den Fehler natürlich kostenneutral ausbügeln. Aber egal jetzt! Ich hole mal das Fass rein. Wo soll es hin, in die Küche?" „Ich weiß nicht – denkst du, das Anstechen geht ohne Sauerei ab? Vielleicht spritzt alles voll, an die neue Tapete oder an die Schränke….." „Quatsch! Ich kann vielleicht keine richtigen Häuser bauen, aber ein Fass anstechen kriege ich noch hin. Stell' doch schon mal den Eimer hin und hole den Hammer, ja?"

Es schellte. Mein Kegelbruder Werner mit Gattin Hildegard, Blumen und einer Flasche Remy Matin stand vor der Tür. Sehr aufmerksam! „Ich helfe dir", bot er an. „Und deine Lore kann uns erst mal einen einschütten, bevor die anderen kommen."

Wir hoben das Fass aus dem Kofferraum.

„Grundgütiger, ist das schwer, wie viel ist denn das? 30 Liter?"

„50 Liter, wenn schon, denn schon. Heute wird abgepumpt, das habe ich mir nach der Pleite heute verdient."

„Na, nun mache mal einen Punkt! Jeder baut mal einen klassischen Fall von Scheiße. Mann, ist das Ding schwer."

Wir stemmten das Fass auf den Küchentisch, die Damen schauten skeptisch drein. Hildegard sah leicht grünlich vor Neid aus.

„Eure Küche ist ja ein Traum! War sicher teuer?" Ihr Göttergatte knurrte.

„Für Eiche massiv und Granitarbeitsplatte musst du schon was hinlegen müssen, Hildegatti. Und jetzt geh' mal an die Seite und bring deine Frisur in Sicherheit, wär doch schade drum. Heinz sticht jetzt das Fass an!"

Ich holte tief Luft und – wamm! Der saß. Na also.

„Moment, die ersten Gläser sind immer nur Schaum. So … aber nu' - Wohlsein und Stößchen! Auf die neue Küche!"

Hm, Diebels Alt, da freut sich sogar ein Sauerländer!

„„Aber schau mal Heinz! Es tropft ja! Der Zapfhahn sitzt nicht richtig. Soll das so bleiben?"

„Das stört doch nicht, dass bisschen Tropfen, oder?"

„Ach, nun hau nochmal drauf, alter Junge! Bier verschwenden ist Sünde, sag' ich immer."

Ich unterdrückte einen tiefen Seufzer. Immer diese kleinkarierten Quengeleien. Also holte ich nochmal aus und traf – nicht genau die Mitte. Es zischte ein wenig.

„Noch mal!", feuerte mich Werner an. Ich tat es – und das war es dann.

Aus dem Spundloch explodierte Altbier wie aus einer isländischen Geysir Fontäne gegen unsere Paneel Decke, auf die Wände und die Schränke der 15.000 Euro Küche, mitten in unsere überraschten Gesichter und auf die schicke Bekleidung. Entfesselte Kohlensäuregewalten zischten den Malz Saft in jede Ritze, waren nicht einzudämmen, nicht durch Schreien und viele Finger im Spundloch, es sprudelte, bis das Fass fast leer war und auf den Bodenfliesen in Manhattan Grau eine Gischt Welle unsere Füße umspülte. Von der Decke starrten große Schaumbusen auf uns herab. Es roch nach billiger Kneipe.

Keiner sagte was. Lore schluchzte leise. Ich nahm die Kognakflasche an die Lippen, fühlte die brennende Flüssigkeit in meinen Magen stürzen und sich warm ausbreiten. Gleichzeitig überkam mich ein unnatürliches Ruhegefühl und ja - so etwas wie Einsamkeit.

„Wisst ihr, was gut ist?", fragte ich in die betretenen Gesichter hinein. Sie schüttelten fassungslos ihre Köpfe. **„Seht her! Es tropft nicht mehr!"**

Meine Mutter geb' ich nicht ...

Dortmund. WAZ

Einen makabren Einbruch in die Trauerhalle am Südwestfriedhof meldete die Polizei gestern in der Nacht vom 23. auf den 24. Januar 1997 um 23.30 Uhr. Der arbeitslose Manfred H. (42) aus Dortmund zerschlug die Fensterscheibe zur Aufbahrungshalle und stahl den Leichnam seiner am 22. Januar 1997 verstorbenen Mutter, die dort seit Stunden aufgebahrt war und am nächsten Tag beerdigt werden sollte. Im Anschluss daran fuhr er ziellos mit der Toten im Kofferraum seines Wagens, einem roten Golf Diesel, durch die Gegend, parkte diesen schließlich an den Kleingärten, und schleppte seine verstorbene Mutter ein gutes Stück zurück in die Richtung, aus der er gekommen war.

Er wurde von zwei Männern entdeckt, die auf dem Weg nachhause das merkwürdige Paar auf einer Parkbank fanden. Manfred H. schlief im Sitzen, trotz der Kälte, den Kopf seiner Mutter im Schoß. Sie informierten die Polizei. Manfred. H. befindet sich seitdem in psychiatrischer Behandlung, machte jedoch bis Redaktionsschluss keine Angaben zu dem Vorfall.

"Frau Seebald? Charlotte Seebald?"

"Ja. Am Apparat. Mit wem spreche ich?" Mein Gott, um diese Zeit! Charlotte holte ungeduldig Luft.

"Polizeipräsidium. Kanzel mein Name, Polizeiobermeister. Es tut leid, dass ich Sie um diese Zeit anrufe, aber es geht um ... äh, Sie haben einen Bruder, der Manfred Horster heißt?" "Ja! Grundgütiger Himmel, was ist mit ihm? Hat er was ausgefressen?"

"Nun ja, wie man es nimmt. Ihre Mutter ist vor zwei Tagen gestorben?"

"Ja!" Charlotte trat ungeduldig von einem Fuß auf den anderen. Sie war müde und wollte ins Bett. Morgen würde ein harter Tag – die Beerdigung von ihrer Mutter.

"Sie müssen herkommen. Wir haben Ihren Bruder in Verwahrung nehmen müssen. Er hat die Leiche Ihrer Mutter aus der Aufbahrungshalle geholt und ist mir ihr durch die Gegend gefahren. Entschuldigen Sie, es wird jetzt nicht einfach für Sie sein, aber ..."

"Das darf nicht wahr sein, der Idiot der Familie! Mitten in der Nacht zur Polizeistation, wo der jetzt wahrscheinlich in der Unterhose rumsitzt, besoffen lallt und nicht mehr weiß, wo er hingehört! Ich fasse es nicht, hörst du?" Charlotte schluchzte. Natürlich war Edgar sauer.

Manfred war eine Zumutung als Schwager, da gab es wirklich Bessere. Welche, die einer regelmäßigen Arbeit nachgingen, nicht an der Flasche hingen und sich mit vierzig Jahren noch an Mutter klammerten. Die sich eine Frau suchten, mit zum Fußball gingen, wenn Borussia spielte und in einer Doppelkopfrunde alle Karten auf einer Hand verwalten konnten. Das alles vermochte ihr Bruder Manfred nicht. Er war ein großes, unselbstständiges Kind, eine tagtägliche Herausforderung für seine Mitmenschen.

Für ihren Mann Edgar war er weniger, Luft, ein nutzloses Subjekt, eine Null ohne Begleitung. Sie fuhr schnell. Wollte es hinter sich bringen. Wo war jetzt eigentlich die Leiche ihrer Mutter? Das hatte ihr der Polizist nicht verraten! War es strafbar, mit einer Toten durch die Gegend zu fahren? Gab es eigentlich ein Gesetz, dass den Umgang mit Verstorbenen regelte? "Herr Horster, hören Sie mich, können Sie mich verstehen?"

Der Psychiater beugte sich zu Manfred Horster hinunter, berührte ihn leicht an der Schulter. Dieser hockte apathisch auf einem Stuhl, seine Arme hingen schlaff zur Seite und sein Blick stierte ins Leere. Von seinem Schmuddeljackett stieg ein dunstiger Geruch auf, nach Schweiß, Nikotin und Gleichgültigkeit.
"Herr, Horster, wissen Sie, wo Sie hier sind? Was passiert ist?"

Du kannst mich nicht verstehen, selbst wenn ich reden könnte! Aber ich darf es nicht sagen, niemanden, auf keinen Fall! Meine Mutter geb' ich nicht, sie kommt nicht in diese Drecksserde, in dieses dunkle Feucht, wo die Würmer krabbeln, und die tonnenschwere Erde auf den Deckel fällt! Mutter, wir gehören doch zusammen! Die Scheißärzte haben nicht aufgepasst, Stümper alle - alle, wie sie da sind!

Ein Polizeibeamter steckte seinen Kopf zur Tür herein.

"Die Schwester mit ihrem Mann ist da!"

"Wunderbar! Ich werde erstmal mit ihr sprechen. Bleiben Sie bei ihm, vielleicht kann er was zu trinken bekommen?" Der Polizist nickte.

"Sicher." Er sah genervt aus.

"Frau Seebald? Ich bin der diensthabende Psychiater, Feddersen ist mein Name. Können wir uns kurz unterhalten?" Charlotte nickte, suchte in ihrer Handtasche nach Zigaretten.

„Wo ist er denn jetzt?", fragte sie, inhalierte tief und fand den Mann für einen Psychiater ganz sympathisch.

"Er sitzt nebenan. Ich denke, er ist in einer Art depressiver Rückzugshaltung. Bisher konnte ich nicht zu ihm durchdringen. Vielleicht gelingt es ja Ihnen? Sagen Sie - nun mal ganz ruhig - was ist in den letzten Tagen passiert?"

Edgar Seebald schnaubte, steckte sich ebenfalls eine Zigarette an.

"Mutter hatte eine schwere Hirnblutung, Manfred fand sie im Badezimmer neben der Toilette, ist völlig ausgerastet, brüllte das ganze Haus zusammen. Die Nachbarn holten dann den Notarzt. Sie wurde auf die Intensivstation in die Städtischen Kliniken gebracht, leider konnten sie nichts mehr für sie tun." Charlotte schluchzte. "Lebte Ihr Bruder allein?"

"Nee, der war doch mit seiner Mama verheiratet! Sie hat

ihm alles gemacht, sogar den Schnaps besorgt! Und jetzt klaut er auch noch ihre Leiche! Unglaublich! Als ob wir nicht schon genug am Hals hätten!"

"Edgar! Bitte! Hör' jetzt endlich auf, ja?" Wütend drückte Charlotte ihre Zigarette aus. Dabei verbrannte sie sich ihren Zeigefinger, spürte es jedoch fast nicht.

"Darf ich etwas zu trinken haben?"

"Natürlich." Feddersen holte ein Glas Wasser. "Wann hat ihr Bruder vom Tod seiner Mutter erfahren? War er mit im Krankenhaus?"

"Nein, das war ganz unmöglich, der hatte sich voll laufen lassen, außerdem wollten wir uns mit ihm nicht blamieren." Edgar Seebald lief nervös in dem Raum auf und ab.

"Wo ist denn jetzt die Lei..., Mutter, meine ich?"

"In der Gerichtsmedizin. Sie wird nach Spuren von Gewalteinwirkung oder Ähnlichem untersucht."

"Ähnlichem? Was meinen Sie?? Etwa, ob er sie vergewaltigt hat?" Charlotte versagte fast die Stimme.

"Nee, da können Sie mal ganz beruhigt sein, auf so eine Idee käme mein Schwager nie, der hat noch nie in seinem Leben was mit Sex zu tun gehabt, der hat den Seinen nur zum Pinkeln!"

"Woher, zum Teufel, willst du das denn wissen?" Feddersen seufzte.

"Herr Seebald. Ich verstehe Ihre Verärgerung und Ihren Unmut, seien Sie da ganz sicher! Aber so kommen wir zu keiner Lösung, und Ihrer Frau hilft das auch nicht.

Wann hat er denn nun vom Tod der Mutter erfahren?
Und wie?"

"Ich habe ihn vorgestern Abend angerufen, als wir aus
der Klinik kamen. Er hatte es erstaunlich ruhig
aufgenommen. Ich sagte,' Mutter ist eingeschlafen, ganz
ruhig, sie war zu krank, um wieder gesund zu
werden.'Und er antwortete:' Ich habe es mir schon
gedacht, Charlotte, wo ist sie jetzt? 'Mehr nicht!"

"Hm. Na schön. Wissen Sie", Feddersen nahm seine
Brille ab, gähnte und blickte verstohlen zur Uhr, halb
fünf, du lieber Gott.

"Sie haben ihm keine Möglichkeit gegeben, sich zu
verabschieden, und diesen scheint er nun nachgeholt zu
haben. **Zugegeben, ungewöhnlich ist es schon,** aber
ihn als psychotisch und gefährlich einzustufen, halte ich
- zunächst – nicht für gerechtfertigt! Warum konnte er
sie denn im Krankenhaus nicht noch einmal sehen?"

"Sie lag schon in der ... Kühlung, ging nicht mehr",
ergänzte Edgar Seebald. "Nun, wie gesagt, er hat sich
bisher nicht geäußert, am besten, Sie kommen nun mit,
allein. Ihr Mann kann so lange hier warten!"

"Das muss doch jetzt ausreichen, ihn in die Klapsm...
äh, nach Aplerbeck einzuweisen, was soll der denn n o c
h veranstalten, bis er ...!"

Seebald gestikulierte aufgebracht vor der Nase des
Psychiaters. Feddersen war zu müde, um darauf
einzugehen. "Bis gleich", sagte er, schob Charlotte zur
Tür hinaus. "Ich möchte alleine mit meinem Bruder

sprechen. Geht das?" Feddersen zögerte. "Bitte!"

"Na schön. Es wäre gut, wenn Ihr Bruder freiwillig mitkäme, machte alles leichter. Eine Diagnose können wir nur in der Klinik stellen."

"Ich werde es versuchen, mal sehen!"

Manfred Horster saß in unveränderter Haltung auf dem Holzstuhl, seine Miene ohne Ausdruck, wie einzementiert. Gerührt legte Charlotte ihm ihre Hand an seine Wange, die rau von Bartstoppeln war.

"Manfred!", flüsterte sie. "Mensch, Manni, was machst du denn für Sachen?" Horster hob den Kopf, ein wenig Leben kehrte in ihn zurück.

"Charlotte! Oh, Charlotte, du bist da!" Er schluchzte trocken. "Nimm mich mit, bitte, bitte, die wollen mich nicht mehr zu Mutter lassen, hörst du, sie haben sie mitgenommen und ..."

"Manfred." Ihre Stimme klang dünn. Vielleicht muss er doch in Behandlung, vielleicht können sie etwas für ihn tun, er ist wirklich verrückt!

"Es wird doch alles wieder, wir helfen dir! Mutter ist tot, du kannst nicht mehr zu ihr, sie war sehr krank geworden! Wir hätten es dir sagen sollen. Bitte, Manfred, das musst du doch verstehen! Es tut mir so leid!"

"Charlotte, was redest du da? Es war viel zu kalt in dieser Kirche. Mutter friert doch immer so schnell, da habe ich sie mitgenommen. Und weil die Tür abgeschlossen war, musste ich die Scheibe einschlagen! Die bezahle ich auch, keine Frage! Aber Mutter hat auf mich gewartet, ich habe es ihr versprochen, sie nie im Stich zu lassen!"

"Manni. Pass mal auf, hier gibt es einen Mann, der ist Arzt, der kennt sich mit so was aus, und der könnte dir helfen, weil – ich kann das leider nicht! Wir haben schon mit ihm gesprochen, eben, im Nebenzimmer! Glaubst du, dass du mit uns fahren kannst?"

"Wohin fahren?" **Auch Charlotte versteht mich nicht!**

"In ein Haus, in dem viele Menschen Probleme haben, so, wie du sie jetzt hast! Die auf Stimmen hören, die ihnen Dinge sagen, was sie tun sollen, und die sie dann in Schwierigkeiten bringen. Zum Beispiel, in Kapellen nachts einbrechen und die Totenruhe stören. Das war nicht richtig, was du gemacht hast, hörst du?!"

Sie wollte ihn nicht anschreien. Aber ab einem gewissen Point of no Return schrie sie ihn immer an. Horsters Oberkörper schaukelte rhythmisch vor und zurück. Mutter, was soll ich jetzt tun? Charlotte versteht mich auch nicht. Nicht schimpfen, Mutter, ich fahre ja, wenn du meinst, dass ich das tun muss, okay, aber schrei nicht so, bitte …

"Hast du eine Zigarette?"

Horster sah zu seiner Schwester hoch.

"Ja, natürlich, hier … oh, ich habe sie draußen liegen lassen."

Es klopfte. Feddersen kam herein, zog sich einen Stuhl heran und setzte sich Horster gegenüber.

"Wie fühlen Sie sich jetzt?"

"Es geht mir gut, danke. Ich würde gerne eine rauchen. Charlotte sagt, ich muss mit Ihnen fahren. Stimmt das?"

"Ja, das stimmt. Ihre Schwester möchte, dass ich Ihnen helfe, und hier ist das schlecht möglich. Erzählen Sie doch mal, wie das angefangen hat. Seit wann hören Sie Stimmen?"

"Ich höre keine Stimmen, ich höre Mutter zu! Mutter! Es ist Mutter. Sie sagt mir immer, was ich tun soll."

"Hm. Natürlich. Wissen Sie, das interessiert mich alles sehr, die Gespräche mit Ihrer Mutter, obgleich sie vorgestern gestorben ist. Ich schlage vor, dass Sie jetzt mit kommen, Ihre Schwester und Ihr Schwager werden uns begleiten, ja?"

Feddersen wandte sich nach Charlotte um, schaute sie fragend an. Sie nickte kaum merklich. Verstohlen wischte sie sich eine Träne fort.

"Gut. Das ist alles sehr gut. Sie haben es gehört, er ist einverstanden mit einer Einweisung, ich werde also jetzt das Nötige veranlassen. Bis gleich."

Bestimmt ist es besser so. Die kümmern sich dort um ihn, er ist tatsächlich verrückt, Edgar hatte Recht.

"Charlotte? Bleibst du bei mir?"

"Natürlich. Ich fahre mit, ich lasse dich nicht im Stich, habe ich doch noch nie gemacht, oder?" "Doch. Du hast diesen Mann geheiratet, du bist von uns fortgegangen. Das hättest du nicht tun sollen!"

"Manni! Fang' nicht schon wieder mit diesem Quatsch an! Du hättest dir auch besser eine Frau gesucht; kein Mann bleibt ein Leben lang bei seiner Mutter!" Das Wort ‚Mutter' spuckte Charlotte förmlich aus.

"Sie wäre sonst ganz allein gewesen. Reicht es nicht, dass Vater sie verlassen hat? Wir sind eine Familie, wir gehören zusammen, hörst du? Aber du musstest ja abhauen, zu diesem ..."

"Manfred!" Charlotte schrie es fast. "Halte deine dämliche Klappe! Es ist genug jetzt!"

Horster schluckte, stierte seine Schwester an, holte tief Luft.

"Entschuldige." Dann, nach einer kurzen Pause:

"Kannst du mal das Fenster aufmachen? Es ist so heiß hier!"

"Ja, wenn du dann endlich still bist!" Charlotte öffnete das große Doppelfenster, sah hinunter auf die dunkle Straße. Vierter Stock. Kaum Verkehr um diese Uhrzeit, am Freitagmorgen. Was wurde nun mit der Beerdigung? Sie drehte sich zu ihrem Bruder um. Er war aufgestanden, knöpfte sich sein Jackett zu.

"Okay?", fragte sie. Horster lächelte.

"Holst du mir eine Zigarette?" Charlotte seufzte. Sie ging zur Tür.

"Charlotte? Wirst du mir böse sein, wenn ich nicht mit kommen kann?"

"Manfred! Was soll das denn nun wieder? Ich dachte ..."

"Bist du mir böse?"

"Nein." Charlottes Tonfall klang besänftigend. "Ich bin dir doch nie böse! Aber warum ...?"

"Dann ist es gut."

Horster lächelte wieder, ging raschen Schrittes zum Fenster, schwang sich auf den Sims, schaute nach unten, drehte sich noch einmal zum Inneren des Raumes um und blickte Charlotte an. Er sah traurig aus. Eine versteinerte Träne. Ich geh' schon mal vor. Bis gleich, Mutter.

"Mach's gut, Charlotte."

Dann sprang er, leicht und wie selbstverständlich, lautlos und endgültig, als verübe er eine heilige Handlung, mit den Füßen voran und die Arme ausgebreitet. Manfred Horster prallte mit dem Kopf voran auf den Bürgersteig - es entstand erstaunlicherweise kaum ein Geräusch dabei, nur ein kurzes "Schlack"- blieb mit seltsam verrenkten Gliedern bäuchlings liegen und starb fast augenblicklich an Genickbruch. Charlotte, die nach kurzer Erstarrung zum Fenster geeilt war, blickte seltsam gleichgültig auf die Leiche ihres Bruders. Oh, lieber Gott, und nun ist er selber tot! Ach, so verzage nicht, du Häuflein klein, obschon die Feinde willens sein, dich gänzlich zu zerstören! Was haben wir nur verbrochen, warum werde ich so bestraft? Sie zuckte zusammen, als sie plötzlich eine Hand auf ihrer Schulter spürte.

"Kommen Sie, Frau Seebald. Es ist nicht Ihre Schuld. Sie können nichts dafür. Ich hätte es besser wissen müssen!"

Feddersen stand hinter ihr. Unten auf der Straße wurde es lauter. Menschen stürzten aus dem Präsidium, drängelten sich um ihren Bruder, viele Hände griffen ihn. Jemand starrte zu ihr hoch, mit offenem Mund und wachsbleichem Gesicht.

"War er verrückt, mein Bruder?" "Aus unserer Perspektive war er hilfsbedürftig und verirrt. Und Irren ist menschlich, nicht wahr?"

"Natürlich", sagte Charlotte. "Und nun ist er tot. Tragischer Irrtum, nicht wahr? Vielleicht irren wir uns aber auch?"

Weit weg hörte sie ein Martinshorn. Zu spät, alles zu spät. "Es tut mir sehr leid, wirklich."

Charlotte nickte, aus ihrem Gesicht war jede Farbe gewichen. "Und mir erst."

Nachsatz: Was leistet die Psychiatrie?

"Es soll uns daran erinnern, dass die Psychiatrie ein Ort ist, wo der Mensch besonders menschlich ist; d.h., wo die Widersprüchlichkeit des Menschen oft nicht auflösbar, die Spannung auszuleben ist: so das Unmenschliche und Übermenschliche, das Banale und Einmalige, Oberfläche und Abgrund, das Kranke und Böse, Weinen und Lachen, Leben und Tod, Schmerz und Glück, das Sich-Verstellen und Sich-Wahrmachen, das Sich- Verirren und Sich- Finden.

Die Frage: "Was ist ein psychisch Kranker?" ist fast so allgemein wie die Frage: "Was ist ein Mensch?"

Quelle: Dörner, Klaus und Plog, Ursula:
"Irren ist menschlich", Lehrbuch der Psychiatrie,
Psychiatrie Verlag Bonn 1978,
21. Auflage 2012, Seite 11.

Liebe und Verluste

Abb. 5 Verlassenes Boot
Kohle auf weißem Papier

Großvaters achtzigster Geburtstag sollte ein großes Ereignis werden. Die letzten Weihnachtsfeste hatte unsere in ganz Deutschland verstreute Familie nicht recht zusammen finden können, deshalb sollte der Geburtstag von Opa und meiner Tante Mechthild, die nur einen Tag später ihren 40. Geburtstag feiern wollte, ein für alle unvergessliches gemeinsames Erlebnis werden. Das wurde es auch, aber ein bisschen anders, als sich die meisten wünschten oder überhaupt vorstellen konnten. Es wurde extra eine Kate in den Niederlanden für die

Sechzehn Menschen, teilweise mit ihren jeweiligen Lebensabschnittsbegleitern angemietet, für drei Tage sollte hier das Event der Familie der Rekeib stattfinden, organisiert von meiner Tante Mechthild, das kann sie sehr gut, organisieren. Das Haus stand in Huizen am Gooimeer. Wir hatten es ganz für uns alleine, inklusive einer großen Küche und einem Esszimmer für 20 Personen. Wenn ich ehrlich bin – richtig Lust hatte ich nicht. Oma ist immer so anstrengend, weil sie ständig ohne Unterlass und ohne irgendeinen Kommentar des jeweiligen Opfers erwartend redet, redet, redet. Mit meinem Großvater gibt es nicht so viel zu reden, und wenn, dann nur in zwei Wort Sätzen im Imperativ gesprochen: „Rudolf, was machst du da wieder? Lass doch mal den Stuhl stehen!"
„Nun nimm doch deinen Stock, nachher liegst du wieder auf der Nase und ich muss dich hochheben."

Opa war schwer krank, er hatte verschiedene bösartige Überfälle von Krebs an Darm und Prostata erlebt und überstanden, vorhergegangen waren Schlaganfälle, weil seine Halsschlagader nicht mehr die Kapazität eines Rohres besaß, sondern durch Seitenverzweigungen gerade mal die nötigste Durchflutung des Hirns zuließ. Mitunter versiegte der Strom, dann schlief er einfach ein oder ihm fehlten die richtigen Worte. Er kam ins Stottern, das machte ihn wütend und ärgerlich, was dem Gedächtnis schon gar nicht auf die Sprünge half. Dagegen nahm er Tabletten, die das Blut besser fließen lassen. Er durfte nur nicht hinfallen, das gäbe riesige Blutergüsse und könnte schlimm ausgehen, wenn er sich eine Verletzung zuzöge. Ein bisschen konnte ich Oma ja verstehen, sein Aufprall beim Einkauf im REWE- Markt in die Gemüse- und Obstkisten war ihr noch peinlich im Gedächtnis. Doch dieser Sturz rührte nur von der Überdosierung seines Herzmittels, da hatte der Hausarzt nicht aufgepasst und die Verordnung überprüft.

Sein Herzschlag war einfach zu langsam geworden, um die Aktivität seines Körpers unter Kontrolle zu halten. Den Krebs bekämpft er mit Chemotherapie, und eigentlich hält er sich ganz gut bis heute, seinen achtzigsten Geburtstag feiern zu können, war ein toller Therapieerfolg. Zu seinen guten Zeiten ein Tüftler und Entwickler auf technischer Ebene, entwickelte und plante er Steuerungen für Solaranlagen, Garagentore und Saunaöfen. Er besaß mit Oma ein Familienunternehmen, indem Oma eindeutig die Hosen anhatte, sie konnte einfach mit Geld besser umgehen.

Ihr Standardsatz war: „Von Entwicklung können wir nicht leben und das Haus abbezahlen, also verkaufe endlich mal was von deinen Plänen." Die Feier stand natürlich unter dem Zeichen eines vielleicht bevorstehenden endgültigen Abschieds, deshalb hielt ich das Ganze für eine gute Idee meiner Tante Mechthild, die zudem auch nicht ganz billig war. Die Verköstigung wurde vom Langzeitfreund meiner zweiten Tante geplant und umgesetzt. Tante Cordula ist nur anderthalb Jahre jünger als meine Mutter, sie sehen sich aber nicht wirklich ähnlich. Tante Cordula ist dick, meine Mutter ist schlank. Tante Cordula ist so laut wie Oma und redet genauso viel, lacht immer ein bisschen zu lange und etwas zu laut und über Dinge, die auf den zweiten Blick gar nicht lustig sind. Zum Beispiel ist sie Silvester zu Fuß in die Berge rund um Stuttgart gewandert, hatte ihr Zelt, aber keine Isomatte mitgenommen. Ein Wunder, dass sie nicht erfroren war. Doch ihre Erzählung dieser Anstrengung klang, als wäre es der weltweit größte Joke gewesen.

Weil meine Mutter und Tante Cordula so unterschiedlich sind, verstehen sie sich nicht so besonders. Deshalb machte ich mir etwas Sorgen hinsichtlich der atmosphärischen Gestaltung, aber ich vertraute eigentlich auf die Besonnenheit meiner Mutter, die sich nicht so schnell aus der Ruhe bringen ließ. Nur hatte sie vor zwei Monaten eine Trennung von einem Langzeitchaoten hinter sich gebracht, der nie Rechnungen bezahlte, mehr Geld ausgab, als er besaß und niemals eine andere Meinung als die eigene gelten ließ. Deshalb war sie noch etwas dünnhäutig. Ich kann das so behaupten, weil ich drei Jahre mit den beiden, mit Hund und Katze und meiner Yamaha DT in Gemeinschaft lebte oder leben musste, ich hatte auf mein Abitur hingearbeitet, was außer meiner Mutter niemand so richtig zu schätzen wusste. Markus wurde nicht nur dicker, sondern auch mehr und mehr ungepflegter, ich weiß nicht, wie meine Mutter seine Duftnote, vor allem seine widerlichen, selbst durch Schuhe hindurch wahrnehmbare Schweißfüße aushalten konnte.

Beispielhaft für die kaputte Beziehung war der Wäschehaufen vor dem Kleiderschrank von Markus – der lag ein halbes Jahr auf dem Teppichboden neben dem Doppelbett und stand bildhaft für einen stummen Machtkampf, den beide schließlich verloren. Schlussakkord war die explodierende Solaranlage auf dem Dach: Durch den heißen Sommer war das Wasser im Kreislauf so heiß geworden, dass es sich in einer riesige Geysir Fontäne vom Dach über die Fenster kochend heiß in den Garten ergoss. Irgendwie fehlte an der Konstruktion das alles entlastende Druckventil – das hatte Markus vergessen einzubauen. Zum Glück sind wir beide mit dem Leben davon gekommen.

Während das Haus und das Drumherum in Chaos, Schulden und unvollendeten Projekten versanken, fasste ich den Entschluss, auszuziehen und die Wohnung mit meinem Freund Sven zu teilen. Das brachte meine Mutter dazu, ihr Leben radikal zu ändern und mit mir wegzugehen. Gott sei Dank oder wem auch immer. Mit dem Tag meines Abiturs war die Beziehung zu Markus beendet, wir wohnten wieder alleine in einer ordentlichen Wohnung, ohne Tiere und ohne meine Yamaha, dafür war kein Geld mehr da. Ich kann wohl sicher behaupten, dass meine Mutter nach dieser Trennung etwas angeschlagen war. Sie hatte nicht nur einen neuen Freund, eine neue Wohnung, sondern auch eine neue Stelle auf einem verantwortungsvollen Posten in einer neuen Firma. Ziemlich viel auf einmal, nicht wahr?

Mal fehlte uns der Becher, mal hatten wir keinen Wein. Wir besaßen nach dem Auszug einen Fernseher ohne Receiver, einen Computer ohne Monitor und eine Stereoanlage ohne Lautsprecher. Aber Mama hatte das irgendwie alles hingekriegt, denn sie besaß noch ihr Motorrad. Sie blieb selbst dann ganz ruhig, als mein BAFÖG – Antrag abgelehnt wurde und meine teure Ausbildung finanziert werden musste, ich hatte mich für Physiotherapie entschieden, die sollte nach dieser denkwürdigen Feier beginnen. Darauf freute mich riesig.

Es war aber nicht die einzige Änderung bei uns: Ich hatte mich von Sven ziemlich schnell nach unserem Wohnungswechsel getrennt. Sven hatte Angst in Aufzügen, in Eisdielen, in Kinos sowieso und er bestieg auch niemals einen Bus, einen Zug, geschweige ein Flugzeug.

Er schwadronierte stets in lautstarker Form über Gott und die Welt und über seinen ehemaligen Chef, über seinen Onkel, seine Mutter, seinen Bruder. Beim Sex benahm er sich wie ein Bügelbrett – oder war ich das Bügelbrett? Also – ich war auch ziemlich angeschlagen. Aus all diesen Gründen und weil Mama nach zwei Monaten schon einen anderen, motorradfahrenden Mann kennen gelernt hatte, den sie auf die Feier mitbrachte, war ich mir hinsichtlich der Stimmung und des Ablaufs nicht so ganz sicher. Meine Mutter hatte zwar meine Tante Mechthild gefragt, ob sie Werner mitbringen durfte, auch meine Oma wurde um Erlaubnis gefragt, da Opa nie eine eigene Meinung hatte oder haben durfte und mit dieser Entscheidung einfach nur überfordert gewesen wäre, die Antworten von beiden war: "Ja klar, warum denn nicht? Das Haus ist doch groß genug!"

Das war es nicht – näher betrachtet. Dieses riedgedeckte Haus ohne Keller für Leichen konnte einfach die Geschichten, die Leiden, die Persönlichkeiten dieser Familie nicht unter einem Dach unterbringen – schlussendlich war diese Familienfeier dem Finale eines Bruchs noch oben drauf gesetzt.

Warum erzähle ich das alles? Ihr versteht es sonst nicht. Bei meiner Oma war das, was sie sagte eine Sache, die andere, was sie wirklich meinte und an unpassender Stelle von sich gab. Ich konnte Werner gut leiden, vor allem, weil er Motorrad fuhr, selbst zwei erwachsene Töchter hatte und ein prima Zuhörer und noch besserer Versteher war. Ich freute mich, dass er dabei sein sollte. Mama war so frisch verliebt, dass eine Trennung von drei Tagen am Wochenende nicht auszuhalten gewesen wäre und sie erlebte durch Werner wieder ein bisschen Sonne im kalten Wasser. Ich freute mich auf meine Cousine Rena, die Tochter von Tante Cordula. Sie ist auch ganz anders als meine Tante, schlank, ruhig, hübsch und intelligent.

Wir sahen uns nicht so oft, weil sie in Köln studierte und an freien Tagen immer in Frankreich bei ihrem Freund war. Rena hatte ein paar Semester in Paris studiert. Dafür habe ich sie immer sehr bewundert, meine Sprachkenntnisse in Französisch reichten nur für den Urlaub. Aber in einer fremden Sprache zu studieren – alle Achtung! Und ich freute mich auf meine Schwester Ines, die aus Berlin erst zu Mama anreiste, dann mit unserem Uralt- Nissan- Micra und Werner auf seiner Maschine im Schlepp oder vorneweg zusammen mit ihr am Freitagabend anreiste. Ich war mit dem Zug gefahren und mit den anderen drei Tage auf Texel verbracht.

Ines ist eigentlich meine Halbschwester, 24 und fünf Jahre älter als ich, mit 1,65 Meter fast 20 cm kleiner und studiert in Berlin für das Lehramt Philosophie und Spanisch. Sie lebte mit Patrick zusammen, deren Beziehung sich nach schwierigen Anläufen nun als stabil und harmonisch gestaltete. Ines ist für mich aber eine richtige, vollständige Schwester, wir sind zusammen aufgewachsen und hatten uns, nachdem wir getrennte Zimmer besaßen, auch meistens vertragen.

Wir sind sehr unterschiedliche Typen, was vermutlich an den sehr unterschiedlichen Vätern lag. Mama war zweimal verheiratet gewesen, wollte sich aber partout nicht in die Rolle der Hausfrau fügen. Ihr Schichtdienst ließ Ines oft als meine Ersatzmutter einspringen, vor allem, wenn ich zu oft und zu früh schon am Fernseher saß, während sie noch ihre Schulaufgaben machte. Ich freute mich auf Tante Mechthild, sie lag mir wegen ihrer praktischen Veranlagung eher als Tante Cordula, die sich für eine Hexe hält, natürlich im positiven Sinne einer weisen Frau. Sie liest aus Runen oder Tarot Karten, was denn der Tag so bringen wird, hängt der indianischen Kultur an und glaubt, dass Traumfänger im Zimmer vor allem möglichen schützen, auch vor Verantwortung für das eigene Leben. Tante Mechthild hat Jan geheiratet, er war ihr Chef bei einer Firma in Deutschland, einer Holding, die aus den Niederlanden stammt.

Seitdem wohnte sie in den Niederlanden, in der Nähe von Meppen, nicht weit von der deutschen Grenze. Jan spricht gut Deutsch, Tante Mechthild gut Niederländisch. Sie hatte ein behindertes Kind bekommen, Ruud, er ist jetzt 4 Jahre und kann nicht laufen.

Mamas Schwager Jan war schon einmal verheiratet, er hat einen Sohn und eine Tochter mitgebracht, die beide kein Deutsch sprechen. Bert ist dreizehn und seine Schwester Nadin ist zehn Jahre alt. Inzwischen leben beide auch bei Tante Mechthild und Jan, die Mutter wurde psychisch krank und hatte das Sorgerecht aberkannt bekommen.

Mein Cousin Sebastian, Bruder von Rena, fünf Tage jünger als meine Schwester Ines, hängt den Runen-Lehren auch sehr an, deshalb hat es bis heute mit dem Führerschein nicht geklappt. Mag auch sein, dass er zu viel kiffte und die Realität, so wie wir sie sahen, nicht wahrzunehmen schien. Er wollte mit seiner Freundin kommen. Ich freute mich auch auf ihn, wir hatten uns sehr lange nicht gesehen.

Freitag, 13. Oktober.

„Gefallen euch die Zimmer?", fragte Oma, nachdem Rena und ich die besten Betten belegt hatten. „Oma – es ist klasse! Hier schläft Ines, ich habe schon mal die Bettwäsche bezogen", antwortete ich ihr schnell, denn Oma hatte nie viel Zeit für Dialoge, vor allem, wenn andere sprachen.

„Ja, ich bin ja mal gespannt, wann die endlich ankommen. Habt ihr Hunger?"

„Nö." Rena war meistens mit mir einer Meinung.

„Wir essen um sechs. Hoffentlich ist deine Mutter mit Ines dann angekommen."

„Werner kommt auch mit."

„Ja, ich weiß. Wenn sie meint, dass das so richtig ist. Wie lange kennt sie ihn eigentlich?"

„Vier Wochen, glaube ich. Aber er ist wirklich nett, ehrlich Oma!"

„Das sind sie am Anfang alle. Was ist er denn von Beruf?"

„Irgendwas mit Computern in einer großen Firma, und mit Fernsehern weiß er auch Bescheid. Er kommt mit dem Motorrad."

„Aha. Also, wenn ihr Hunger bekommt, dann könnt ihr euch in der Küche was holen. Es ist allerdings nicht mehr viel da, morgen müssen wir noch einkaufen gehen. Heute Abend bekommen wir Raclette von der Vermieterin serviert. Morgen sehen wir erstmal."

„Hallo!" Sebastian war eingetroffen, er schien etwas abgenommen zu haben. Hinter ihm stand seine Freundin. „Sebastian!" Wir drückten uns. „Das ist Lydia." Lydia war sehr schlank, sehr geschminkt und nicht sehr hübsch. Ihre rot gefärbten Haare hatten mindestens einen Zehn-Zentimeter-Ansatz.

„Hi Lydia, ich bin Janine – und das ist Rena."

„Und hier ist die Mutter von beiden!" Das war meine Tante Cordula. Küsschen, Drücken, Lächeln. Ihr Freund Meiti kam auch aus dem Haus. Ich glaube, die beiden hatten noch mal an Umfang zugelegt, vor allem hatte Tante Cordula total graue Haare am Haaransatz. Ihr Hund war inzwischen auf unser Bett gesprungen und begrüßte uns sehr kontaktfreundlich mit Lecken durchs Gesicht. „Printus!!! Wirst du wohl aus den Betten gehen? Ab, was hab' ich gesagt?! Los Kinder, wir gehen in den Garten. Die anderen kommen doch sicher auch gleich. Ist Mechthild noch nicht da? Sebastian, wo schlaft ihr denn? Doch nicht bei den Mädchen?"

Ich verschwand nach unten, Opa saß auch auf der Terrasse und trank Bier. Das machte er eigentlich am liebsten, gleich nach in der Sonne braten. Das Haus besaß einen riesigen Garten mit griechischen Statuen und buchsbaumabgegrenzten, kleinen verwinkelten Wegen.

„Geht es dir gut, Opa?" Mir war klar, dass er diese Sorte Fragen hasste.

„Ich könnte klagen, hilft aber nicht. Sind jetzt alle da?"

„Mama und Ines fehlen noch. Und Werner. Das ist ihr neuer Freund."

„Was ist der von Beruf?" Opa suchte immer jemanden, mit dem er sich über Elektronik und deren Elementarteilchen unterhalten konnte.

„Techniker. Für Computer, Fernseher und so. Er ist wirklich nett."

„Hm. Aha. Willst du ein Bier?"

„Ich trinke kein Bier, Opa. Oh, da kommt Mama!" Ich sah unseren uralt Nissan Micra auf den Hof rollen. Und gleich dahinter das Motorrad von Werner. Ich lief hin, froh, dass ich mit Opa nicht mehr weiter über Bier reden musste. Mama holte aus dem Kofferraum diverse Überlebenssachen in der Großfamilie, sie strahlte, als sie mich sah.

„Hi Mausi. Wir sind ein bisschen spät dran, es war so schwer zu finden!"

Werner pellte sich aus seinem Helm, er nahm mich in den Arm. Dann schnappte er sich einen der Kästen Bier, die Mama mitgebracht hatte.

„Das ist aber schön hier, ein richtiges Anwesen! Und so ein großer Garten! Sind wir die Letzten?" Ines konnte sich immer schnell begeistern.

„Hallo Sebastian! Hallo Rena! Ach Oma, da bist du ja! Geht es euch gut?"

„Ja, uns geht es gut. Nee, ist das ein Stress, bis alle da sind. Kommt, ich zeige euch mal die Zimmer. Martina – du musst mit Werner bei Sebastian und Lydia schlafen."

„Das ist Werner." Mama bestand auf einer üblichen Vorstellung.

„Hallo Werner. Schön, dass Sie auch gekommen sind." Sie reichte Mamas Freund die Fingerspitzen. „Danke für die Einladung und dass ich mitkommen durfte." „Martinas Freunde sind immer willkommen!" Ich wusste nicht, ob ich es mir einbildet, die Stimmung und alles Miteinander wurden plötzlich frostig. Ines klemmte sich an Rena, mit mir im Schlepptau, Mama bezog mit Werner das Zimmer, irgendwie gingen wir getrennte Wege ab diesem Zeitpunkt. Auch als wir Stunden später auf der Terrasse zusammen saßen – es kam irgendwie keine gute Atmosphäre auf.

Der Bierkasten, den Mama mitgebracht hatte, wurde beherzt angebrochen und Mama trat kräftig ins Fettnäpfchen, als sie Lydia – wahrscheinlich der Konversation wegen – nach ihrem Beruf fragte.
„Gebäudereinigerin."
„Oh, es ist wahrscheinlich schwierig, einen guten Job zu finden! Musst du da nicht immer nur putzen?"
„Ja. Wir reinigen Gebäude nach dem Bau, damit man sie in Betrieb nehmen kann."
„Macht das Spaß? Ich meine – immer nur Putzen! Ist das ein Beruf, für den man ausgebildet werden muss?"
„Ja, es ist ein richtiger Beruf. Wir werden morgens in Autos verfrachtet und wissen nicht immer, wo wir ankommen und was uns erwartet. Mit Besen und Schaufel ist da gar nichts zu machen, wir treten mit

schwerem Gerät an."

Irgendwann merkte Mama selber, dass sie sich immer tiefer rein ritt mit peinlichen Fragen über Gebäudereiniger. Sie öffnete lieber noch eine Flasche Bier. Opa zog seine Schlägermütze etwas schiefer. „Sagen Sie mal – Werner – kennen Sie japanische Zierkarpfen?" Werner lachte, blieb gelassen. „Nein, nie gehört. Wozu braucht man die?"

„Für nix – nur zum Angucken! Die teuersten Exemplare kosten 50.000 Euro, das ist ein richtiger Geschäftszweig!"

„50.000 Euro?! Warum sollte man das für einen Fisch ausgeben?" Opa zog die Augenbrauen hoch und verzog sein Gesicht zu einer Grimasse.

„Na – das ist eben Liebhaberei! Ich kaufte mir die auch nicht!"

„Ach Opa – du würdest doch viel lieber Giftschlangen züchten, die sich die Zähne ausbeißen und ihr Gift teuer hergeben, oder nicht?" Das wusste ich von Mama. Opa wollte früher Giftschlangen in seiner Werkstatt halten, und deren Gift teuer an die Medizin verkaufen. Oma machte das nicht mit. So blieb es bei den teuren Farbatlanten, in welchen die Schwarze Mamba brillierte. Stattdessen züchtete er Champignons auf Torf in Kisten. Die waren nicht so gefährlich.

„Ach – das war nur eine Idee, Eure Oma wollte ja nicht." Ehrlich – ich hatte Oma sogar verstanden.

Mama hatte auch so Ideen, als sie im

Erziehungsurlaub war. Die Krönung waren die Strohballen in der Badewanne zum Wässern. Da wollte sie Braunkappen züchten, das sind Pilze, die nur auf Stroh wachsen können, mit Pilz Brut aus dem Baumarkt. Aber vorher musste das Stroh gewässert werden. Der Vater von meinem Vater, mein anderer Großvater also, hatte nach dem Toilettenbesuch keinen Kommentar gelassen. Erst als mein Vater fragte, ob er sich nicht gewundert habe, warum in der Wanne Stroh badet, schüttelte er nur den Kopf. „Bei deiner Frau wundert mich gar nichts."

Viel Ausbeute gab es bei diesem Experiment nicht. Wochen später fand meine Mutter Igel im Winterschlaf in diesen Ballen und Braunkappen Pilze, deren Stiele unglaublich lang und deren Kappen unglaublich klein waren. Wir hatten sie mit Spagetti in Sahnesauce vertilgt. Mir schmeckten sie nicht. Aber das Kreative hat meine Mutter unzweifelhaft von meinem Opa. Wer hat schon Stroh in der Badewanne?

„Ihr könnt jetzt zum Essen reinkommen! Es gibt Raclette!" Oma stand in der Tür zum Wohnzimmer. „Ines! Janine! Deckt ihr den Tisch?"

So in der Erinnerung war das der schönste Teil dieser Veranstaltung. Wir saßen in dem sehr großen Wohnzimmer an großer Tafel und aßen, und manchmal sagte irgendjemand irgendwas Banales. Da war noch genug zum Essen da.

Am Samstag, 14. Oktober sollte alles anders und etwas dürftiger sein.

„Wie? Wir haben drei Sorten Marmelade und eine Sorte Quark?"

„Wieso? Reicht das nicht? Es ist auch noch Käse da. Wir müssen gleich einkaufen!"

Bedrohlicher Ton in diesem Dialog zwischen Mama und ihrer dicken Schwester Cordula. Das roch nach Streit. Ich merkte, wie Mama durch die Nase schnaufte, aber sich Weiteres verkniff. Sie war morgens früh mit dem Hund gegangen, weil der dringend nach draußen musste, aber kein Halsband und keine Leine zu finden war.

Sebastian war nebst Freundin, der Gebäude-reinigerin, noch nicht erweckbar und weder Mama noch Werner konnten schlafen bei dem Gewinsel. Einen Hund ohne Leine und Halsband auszuführen, war eine Todsünde für meine Tante. Das Gespräch zwischen beiden musste ich mit anhören, als ich im Badezimmer war und das Fenster auf stand. Sie hatte kürzlich erst einen Hund verloren. Der war auf Bahngleise gelaufen und sie fand ihn ohne Kopf auf der Bahnlinie Richtung Stuttgart. Da hatte meine Tante keine Leine mit, Printus war kein kleiner Hund, eine Mischung von gefleckten Dobermann und Husky.

Ob mit oder ohne Leine – wenn der gehen wollte, dann ging der.

„Meine Güte, dein Hund musste pinkeln und dein Sohn

war nicht ansprechbar! Ich habe keine Leine gefunden, sonst hätte ich das wohl gemacht!"

„Und was hättest du gemacht, wenn er weggelaufen wäre?"

„Der wäre schon wieder gekommen!"

Jan fragte, wer mit kommt zum Einkaufen in den nächsten holländischen Aldi – hier gab es den auch – Albert Hein.

„Wir müssen erst besprechen, was es zu essen gibt heute Mittag", sagte Oma. „Ich schlage eine Gemüsesuppe vor, das können wir alle zusammen schnibbeln! Abends machen wir Schweinefilet mit Kartoffelgratin, den bereite ich dann heute Nachmittag vor, wenn ihr was unternehmt."

Sagte Tante Cordula. „Vielleicht noch einen Kasten Bier, der von gestern reicht nicht für Opa und mich", schlug Mama vor. Alle Enkel wollten mitfahren, Meiti schrieb einen Einkaufszettel für das Gemüse und dankbar, von der Gesellschaft wegzukommen, liefen wir zum Wagen. Mama setzte sich mit Opa und Werner auf die Terrasse, sie winkte uns zu.

Als wir zurückkamen, stand Mama mit Lydia und Sebastian an Werners Honda. Sie lachten über irgendetwas. Wir luden die Einkäufe aus und Tante Cordula sorgte für das Werkzeug zum Schnibbeln der Möhren, Kartoffeln, Sellerie, Porree, Blumenkohl, Petersilie und Maggikraut. Das konnte dauern, die Herstellung dieser Suppe. Hätte man nicht

Tiefkühlgemüse kaufen können? „Nein, so etwas kommt bei mir nicht in die Suppe, alles nur frisch. Herrgott, ich glaube, ich muss entgiften, mein Kreislauf ist so schwankend", seufzte Tante Cordula.

„Sollen wir ein bisschen in den großen Garten gehen, Papa?" fragte Mama. „Ich hole dir deinen Stock!" Die Enkel mit Anhang machten sich an die Vorbereitungen für die Suppe. Irgendwie hätte ich mir schon was Spannenderes vorstellen können, als im Kreis Gemüse putzen. Und nach dem Gemüse kamen die Kartoffeln für den Gratin dran – Tante Cordula benutzte dafür einen breiten Sparschäler. Das Ganze ging äußerst langsam voran. Die Kartoffelscheibchen landeten in einem großen Topf mit Wasser.

„**Was macht *ihr* denn da?**", fragte Mama, als sie vom Sparziergang mit Opa zurückkam. Wie lange soll das denn dauern? Gibt es keine Kartoffelreibe??" „Wenn du was findest in der Küche, kannst du gerne helfen. So viel hast du ja noch nicht gemacht!", fauchte meine Tante Cordula. Mama stand auf und lief in die Küche. Sie kam tatsächlich mit brauchbarem Werkzeug zurück.

„Schau – jetzt geht das wohl schneller. Wollt ihr den ganzen Tag mit Essensvorbereitung zubringen? Ich dachte, wir fahren gleich mal zum Gooimeer, das Wetter ist doch super! Oder nach Amsterdam?"
„Erst müssen wir das Essen fertig haben. Außerdem ist Schnibbeln schön, da kann man mal nachdenken und

hat seine Ruhe!"

„Über was willst du denn bei den Möhren und Kartoffeln nachdenken, Mama?", fragte mein Cousin Sebastian.

„Nachdenken schadet nie. Also gut, fahrt ihr zum Gooimeer und Meiti und ich machen das hier alleine."

„Die Kartoffeln sind gleich fertig, geht doch viel schneller mit der Reibe. Aber wenn die noch lange im Wasser liegen, wird der Gratin ziemlich matsche."

„Du wusstest doch immer alles besser, hättest ja einen anderen Vorschlag machen können."

Meine Mutter schüttelte den Kopf. „Es gibt ja noch andere Dinge, als Essen kochen, wenn sich mal die Familie trifft. Also gut, wir fahren jetzt mal los. Opa, soll ich dir deine Schuhe holen?"

„Nee, das mache ich selber. Bin doch kein Pflegefall! Wo ist Oma, will die mit?"

Etwas schwerfällig stand Opa auf, die ersten Schritte reichlich schwankend, dann fing er sich. Ein schöner Spaziergang wurde das. Wind und Sonne und Blicke über das Wasser. Mama knutschte mit Werner ganz schön rum, was Oma nicht gefiel.

„Meine Güte, wie alt sind die eigentlich?"

Mama fand mit Opa sogar ein paar Steinpilze.

„Klasse, die legen wir zur Suppe oder zum Gratin", sagte Opa. Sebastian zeigte mir, wie er einen Traumfänger bastelte. Ein paar Zweige zu einem Kreis verbunden, mit Bindfäden oder Ährenhalme wie ein

Spinnennetz verknüpft und schon werden alle Albträume darin gefangen. Ich fand, jeder sollte so ein Dingen haben, vor allem in dieser Familie hätten diese Fänger jede Menge zu tun.

„Mir ist schlecht", sagte Opa. „Ich muss mich bald mal setzen."

„Wir gehen da ins Café, nur noch ein paar Schritte, schaffst du das?", fragte meine Schwester Ines. Wir stützen ihn links und rechts und zogen ihn mit uns.

„Ich brauche einen Schnaps, dann wird das wieder." Opa plumpste in einen Lehnstuhl, nahm die Kappe ab.

„Du trinkst jetzt keinen Schnaps!" Oma schimpfte meistens, wenn Opa Alkohol trank.

„Tue ich doch. Janine, sag der Bedienung mal Bescheid!" Opa bekam seinen Schnaps, Oma war sauer, Mama lachte mit Werner und trank ihren Kaffee, ich wünschte, ich wäre zuhause. Irgendwann brachen wir dann auf, Ines und ich stützten Opa. Es roch wirklich lecker, Meiti und Tante Cordula hatten ganze Arbeit geleistet: Schweinefilet, Kartoffelgratin und Bohnen. Beim Essen gab es noch keine Probleme, erst beim Abspülen. Tante Cordula war sauer, weil die ganze Arbeit an ihr hängen blieb, weil Mama mit Werner auf der Terrasse rauchte und Bier trank. Sie schickte mich nach draußen, um Mama zu sagen, sie solle sich das Trockentuch schnappen.

„Wieso Abtrocknen? Da ist doch eine Spülmaschine! Außerdem seid ihr doch schon zu viert, so viele passen in die Küche gar nicht rein!"

„Aber Tante Cordula meint, du sollst auch mal was machen, nicht immer nur die anderen!"

„Aber wir unterhalten uns gerade mit Opa und sind beim Rauchen!"

Wütend zog ich wieder ab, Tante Cordula schoss nach draußen, baute sich vor Werner und Mama auf: „Du glaubst wohl, dass du gar nichts machen musst, oder? Du hast dich schon immer für was Besseres gehalten, lässt uns für euch schuften, für dich und deinen neuen Freund! Fürs Abtrocknen seid ihr zu schade, oder was?", schrie sie meine Mutter an.

„Halt endlich deine Klappe!", brüllte meine Mutter zurück. „Wenn sie nicht alle nach deiner Pfeife tanzen, flippst du aus und machst die Welle! Da sind genug Leute zum Abtrocknen, lasst das doch die Spülmaschine machen! Hast du sie noch alle?"

„Weißt du was? Für mich bist du gestorben!"

„Was bin ich? Jetzt mach' mal einen Punkt! So, für dich bin ich gestorben? Meinst du das etwa ernst? Dann brauche ich ja wohl nicht mehr abtrocknen!"

Ich wusste nicht mehr, was die beiden sich noch an den Kopf warfen. Ich stand in der Küche, sah und hörte alles durch das offene Fenster und war sauer auf Mama, weil es doch nicht zu viel verlangt war von Tante Cordula, dass sie sich mal bei der Küchenarbeit beteiligte! Ich musste mir den ganzen Abend diesen Scheiß anhören, wie sie über Mama in einer Tour meckerte. Bis auch Tante Mechthild genug hatte. Heute war ihr Geburtstag und dann so was. Sie stand bei der Spülmaschine und räumte sie aus. Ihr Mann Jan wischte die Tische ab und murmelte was auf Niederländisch. Es klang nicht freundlich.

Sebastian verließ das Wohnzimmer mit Lydia für einen Spaziergang, Oma fragte, was denn da los sei. Opa rief, ich solle ihm noch ein Bier bringen, diesen Weiberkram könne man ja nicht ertragen. Ich rannte auf unser Zimmer und brach in Tränen aus, Rena kam hinterher und tröstete mich.

„Die haben sich noch nie verstanden", sagte sie. „Geschwister streiten sich nun mal."

„Aber die sind alt genug, um nicht gerade heute zwei Geburtstage zu versauen! Wegen Abtrocknen!", schluchzte ich. „Komm, wir gehen zu Opa. Der kann doch gar nichts dazu und keiner kümmert sich um ihn." Ich schnäuzte meine Nase und atmete tief durch und ging mit Rena wieder nach unten. Die Terrasse war leer, es herrschte Ruhe, Opa saß in dem Lehnstuhl vor seinem Bierglas. Wir setzten uns zu ihm.

„Opa?"

„Alles okay mit dir? Blöder Streit war das, oder? Schade, dabei ist doch gestern dein Geburtstag gewesen. Sollen wir mal ‚Dame' spielen? Oder Schach?", fragte ich. Opa schaute starr geradeaus, die Arme lagen auf den Lehnen, seine Schlägermütze hing ihm schief ins Gesicht. Er sagte gar nichts. Wahrscheinlich war er auch sauer und jetzt bockig. Wo war Oma eigentlich?

„Kuck mal, so schlimm ist es ja eigentlich nicht", sagte Rena. „Mama ist manchmal ein bisschen jähzornig. Morgen tut es ihr bestimmt wieder leid." Ich musste schon wieder heulen. Eigentlich könnte ich mich in den Micra setzen und nachhause fahren. Mama könnte mit Werner auf der Honda fahren, Ines mit mir oder mit dem Zug wieder nach Berlin. Bloß schnell weg hier. Sebastian kommt auch auf die Terrasse. „Hey Leute, was geht?"

„Gar nichts geht hier mehr!", schreie ich los. „Was ist das eigentlich für eine bekloppte Familie? Zwei Geburtstage, und unsere Mütter haben nichts Besseres zu tun, als dass sich die eine den Tod der anderen wünscht, weil meine Mutter nicht abtrocknen will! Geht's denn noch?" Ich heulte schon wieder.

„Janine! Jetzt beruhige dich doch mal wieder! Wo ist denn deine Mutter überhaupt?", fragte Rena.

„Die packt mit Werner ihre Sachen", sagte Sebastian. „Sie wollen morgen früh sofort los. Wenn sie nicht schon Bier getrunken hätten, wären sie heute schon fahren, sagten sie."

„Ja, das wäre auch viel besser für die Gesellschaft hier", rief Oma aus dem oberen Fenster. „Was sagt denn Opa dazu?"

„Oma, der schläft wohl", antwortete Sebastian. „Der sagt gar nichts mehr".

Ich sah zu Opa hin. Er saß noch immer so wie eben mit

den Armen auf den Lehnen, sein Kopf mit der Mütze hing irgendwie ziemlich schief. Bequem konnte das nicht sein? Ich stand auf, fasste Opa an der Schulter. Da fiel der rechte Arm herunter und sein Kopf sackte noch tiefer.

„Opa?" Er antwortete noch immer nicht. Ich nahm ihm seine geliebte Schlägermütze ab, sah in sein bleiches Gesicht. Ein Speichelfaden hing ihm aus dem offenen Mund, seine Augen blickten an mir vorbei, groß, dunkel, starr. Oh Gott, Opa! Während wir da saßen und über diese blöden Streitereien diskutierten, machte sich Opa davon und wir bemerkten es nicht mal.

„Opa ist gestorben", sagte ich. Plötzlich war die Stille so greifbar, als könnte man sie in kleine Würfel schneiden und durch die Gegend werfen.

„Quatsch", sagte Sebastian. „Doch! Er ist tot, tot, tot, verdammt noch mal! Oma, kannst du mal kommen? Was machen wir denn jetzt? Der Opa ist tot! MAMA!!"

Ich schrie sie alle an. Wieso konnte er so einfach sterben, wo wir doch gestern seinen Geburtstag feierten?

„Jetzt regt euch doch nicht auf, ich rufe den Notarzt!" Tante Mechthilds Mann zückte sein Handy. Oma schüttelte Opa und zog an seinem herunterhängenden Arm.

„Er ist schon ganz kalt. Wieso habt ihr das nicht bemerkt? Wieso habt ihr mir nicht Bescheid gesagt?", schrie Oma. „Weil alle mit Abtrocknen beschäftigt waren, da gibt es schon mal unbemerkte Verluste, Mama", sagte meine Mutter. „Aber Papa musste sich das zum Glück nicht mehr anhören."

Ich hörte ein Martinshorn. „Räumt doch mal den Tisch ab, der Notarzt kommt und braucht sicher ein wenig Platz….", sagte ich traurig.

Abb. 6 Familie
Acryl auf Leinwand

Hat Ihnen mein Buch gefallen? Hier eine weitere Auswahl meiner Veröffentlichungen:

Lesen Sie meine Reiseberichte mit dem Motorrad bei Amazon, Twentysix und Tolino!
Abenteuerbericht **"Nördliches Marokko mit dem Motorrad"** auf eigene Faust in einer Kleingruppe.
Etappen der Extreme: Berge, Pässe, Wüste und Küsten in drei Wochen.
Ohne Garmin und mit unzuverlässigen Landkarten.
Individualreise mit BMW F 650 GS durch ein exotisches Land. Das muss man erlebt haben!

Marbie Stoner

Marokko mit dem Motorrad

Eine Reise für
Unerschrockene

Und die Balkansucht begann hier! Länder für Aktivurlauber und ein El Dorado an Kurven.

Bulgarien bietet Bilder voller Gegensätze: Pferdekarren im dichten Stadtverkehr, Rinder, Schafe, Ziegen am Straßenrand, Pirin- und Rilagebirge und die sanften Hügel der Rhodopen im Süden. Bei Amazon.

Eine Sammlung von Kurzgeschichten um die alltäglichen Tragiken beim Motorradfahren, als eBook und als Printausgabe mit 150 Seiten, bei **Amazon und Twentysix.**

Albanien & Montenegro: Erschienen Juli 2016 bei Amazon. Ein Land im Aufbruch und wir dabei!

Besuchen Sie mich auf Facebook:

https://www.facebook.com/marbiestoner/